陈年喜 —————— 著

一地
霜白

扫码免费听全书

山东文艺出版社

图书在版编目（CIP）数据

一地霜白/陈年喜著. —济南：山东文艺出版社,2022.1
ISBN 978-7-5329-6481-9

Ⅰ.①一… Ⅱ.①陈… Ⅲ.①散文集-中国-当代
Ⅳ.①I267

中国版本图书馆 CIP 数据核字（2021）第 234940 号

一地霜白

陈年喜　著

主管单位　山东出版传媒股份有限公司
出版发行　山东文艺出版社
社　　址　山东省济南市英雄山路 189 号
邮　　编　250002
网　　址　www.sdwypress.com

读者服务　0531-82098776（总编室）
　　　　　0531-82098775（市场营销部）
电子邮箱　sdwy@sdpress.com.cn

印　　刷　山东临沂新华印刷物流集团有限责任公司
开　　本　880 毫米×1230 毫米　1/32
印　　张　9
字　　数　160 千
版　　次　2022 年 1 月第 1 版
印　　次　2024 年 9 月第 4 次印刷
书　　号　ISBN 978-7-5329-6481-9
定　　价　59.00 元

大半生里，我有不少于百场离别，但从不说再见。

我们初见于沈峨的当年，那时村子还处于我们
所经历过的岁月中难得的鼎盛期，有六十来口人，
到了夏天，庄禾铺排的无边无际。打麦场上，
你眼看一群孩子绕着麦堆疯跑，扎一对小羊角辫
穿一件碎花小衫。那一天，(天热的发狠) 知了的叫声在村上
连成单调，和大人们密集的连枷声纠缠在
一起。

我和一群大孩子放学回来，蹲在场边看着
你们疯。疯是童年唯一的快乐。一群差不
多大的孩子里，你个头最小，但最灵巧，
像一只燕子。总是起着赶上前面的人，突然
脚下一滑，你摔倒了，膝盖磕破了皮。我
把你从地上牵起来，我看见你眼里闪过一丝

爬上高高的西沟岭，眼前纷如雪花的荞麦花把我惊住了。

　　时序正是六月中旬，山风浸意，荞麦花从山腰一直铺排到山顶，它们跨沟连洞，纵横摊开，成为季节的主调。但因地形地势的原因，它们又是各自成片的。东一团、西一团，大片的有两三亩，小的只有几张席的样子，因地势布成试形。像无数的钉子，随坡度布置出分明的层次。并不像平原地带的田庄那样连片无涯。因为各自成体，彼此掉色，更显抖擞。

　　这里是甘肃迭部县治大寺，荞麦是这里人们的主粮。

一九九一年冬天，世界落满了大雪。我说的世界，是离洛山
到长白山广袤的交通沿线。

腊月初一，我带着一千元之巨费起往与中伟的朋友
去翟武场威的林海雪原城市桦甸，与初恋女友相见。
在汲阳火车站，我看见一列列火车鸣着笛，拉着巨大的
松材朝东北从远方驶来，原木上面蒙着厚厚的雪，
远远看着，像蒙着一层破布的白糖。我听旁边的
人说，这是从大兴安岭运过来的，做铁道枕木用。
那一天，洛阳有风，寒冷，上空也飘洒着寒
风的雪花，状若柳絮，未落下来就化了。我想
象中原的雪与东北的雪底地的区别，想象东
北的寒冷。在火车站广场前的小广场，我买了一件
仿皮夹克，顺带又在旁边的书摊上买了本《那中孤

飘泊的人　被天涯所累的人
你要保护好体内古老的铜镜
我们在暗处　它在明处
当你试图解下某些渴意
它正好映见门前的井水

流水坐过的台阶

为这本册子取书名时，很费了一番踌躇，最后终于确定下来《一地霜白》。其实也没有什么深意，对于这个世界来说，对于生活与命运来说，霜，实在称得上永恒之物。

在经历书中大部分事件时，我尚年轻；在出版这本薄薄册页时，已华发丛生。对于读者来说，这或许是一本散文集，而在我，却是时间风尘的证词。岁月流远，唯有默念，唯有相望相惜。

我本愚钝，性格懒散，一生失败的人都敏感而胆怯。内部命运与外部命运相互争斗，白天与黑夜彼此臧否，有时清醒，有时迷失。常常从一页白纸出发，又在一页空空的纸上回归。

收拢完这些文字时，想再打磨一遍，突然发现自己没有了力气，发现在写作它们时，状态是最好的。就像经历过的那些生活，我已无力画蛇添足。我书写了它们，它们又将我书写。我一直没有找到一种方法，找到一个出口，使写作变得从容，它们纠结又短小，包括这篇。我想，我将用一生来寻找。

如果有人问我为什么写作，我也没有答案。就像一个人走在路上，会突然失声笑起来；或者夜深人静时，会突然用被子裹住头，泪流满面。

记得有一年，与一群人颠沛到黄河三门峡一个叫槐扒的黄土峡谷段，彼时初春无雨，源头雪山未化，黄河裸露出一节节嶙峋的河床。这些流水和时间坐过的台阶，向远方铺排。它们经历了什么，见证了什么，又似乎一无经历和见证。

我们坐过流水，又被流水坐过。彼此留痕又彼此忘却。

逝水流长，追赶春天的人一身霜白。春风与朔风互为永恒，欢欣与悲伤互为永恒，生与死互为永恒。人在无数永恒之物间穿行，倏忽而过。

一地霜白，愿白霜超越本身，愿霜色如华，照彻行色匆匆的人。

陈年喜

二○二一年十一月十日

目 录

第一辑

不说再见

苕

　　我家乡出苕，一种野植物的根块，也有地方叫它山药、山芋。它形貌丑陋，没有市场上卖的外来山药那样的生长环境、土质条件，没有那样笔直光溜。那藤蔓细而韧，绕树攀毛蒿而生。深秋时，结一串蚕豆大小的褐色籽粒，这就是苕的种子。有一种红嘴白尾的山雀，最爱吃它。我们摘回来，放到火灰里煨熟了，也好吃。我们那时候，还常常丢它在玉米粥里熬煮，味如白豆。苕虽说不上美味，但药用价值高，温补。病久了，饿饭了，虚慌了，走路没劲，眼神无光，用之，几天即见效。

　　苕不名贵，但也不是俯拾即是，它喜生悬崖峭壁。一片不是太陡峭的崖壁，某个岩坎，承接了枯枝、败叶、风尘、雨霜，日积夜增，年久成土，有鸟或风，带了山苕的种子来，便生出苕来。小苕生大苕，老苕生新苕，以至无穷尽。

　　不是说平地不能生苕，也生，但挖不得。苕是怪物，见上下窜，能窜一人深浅，因为忙着下窜，便顾不得长粗、成形、成品。有人费半天气力，流几把大汗，挖出一根小指细的根须来，嚼之，柴硬，骂声这狗日货，扔了。

我的家乡苦焦、土瘠、山深、水涩，人烟庄稼都薄弱，独山苕生得雄壮，起无数死，回无数生。所谓老天有道，有一弃必有一予。

　　苕有无数种药力，但只有一种做法，那就是炖。火塘里生起疙瘩火，一只土罐，放进洗干净的鸡肉（鸡越老越好）、山栗仁儿、核桃仁儿、苕块、盐，满上水，盖上盖子，咕咕地煮起来。火不要太急，要文文的，半天，水落到一半，苕面了，不散，形状依然，但药力全出来了。稠稀一起，尽饱，盖上被子，美美睡一觉，起来，登山，一气跑五里地，气不怯。

　　也有聪明女子，家贫，饭不饱，体不足，面黄，发萎。到了年龄，东家不问，西家不求。一气之下，上山挖回半袋子苕，连补半月，唇红了，齿皎了，身如青柳发如丝，好人家争踢门槛。

　　那时候，经常和我结伴上山挖苕的，有一个叫兔的女孩。兔娇小，两只眼睛圆、怯，见人躲闪。兔没有哥哥，有一个弟弟，弟弟小、弱，三岁了，还不会走路。兔除了上学、做家务，就是带弟弟。我手脚并用地攀到崖顶上，裤带上别一杆小锄，她在下面浑身颤抖，捧个篓，一会儿喊，哥，小心点；一会儿又喊，哥，慢点。声音细细的，茸茸的，像兔毛，白而柔，往人心上蹭。如果岩坎光滑，锄就失去了用场，两手抓住草窠用力一揭，黑乎乎的土层下，苕一下就亮了出来，根根盘绕，竟有胳膊粗壮的。抖尽了土，苕毫发无伤，收获了。并不是每次攀上崖都能见到苕，也并非每次都那么幸运，挖到完好的苔。下山，多是夕阳压巅时，我荷锄，兔背篓，欢天喜地。见人，兔都会送上一根，好像我们是天下最富有的人。

兔初中没读完就辍学了，我去了远处读书，从此两相隔。后来，我在村子里见过她几次，兔长成好看的大姑娘了，更像一只美好的兔子，见我，一笑，跑了。再后来，再没有见过了。

日月光影鞭催着人跑，跑过尘，跑过土，跑过繁花，跑过荒芜。跑得一无所剩，只有影子跟着。有时候，我也停下来，等，等谁？远逝的岁月？那个脸白白净净，身体里埋着我挖的苔，风尘里，月光一样飘忽的人？

二〇一五年二月十七日

今岁又清明

爷爷是在一九八七年一个多雨的天气里走的。

那个春天,我在一所苦寒山区的中学读高中。学校离家很远,千沟百壑,没有公路相通,自然也没有车,来来去去,都靠步行。那时候我大多是一个星期或两三个星期回家一次,为的是带走一桶下饭的酸菜、五元生活费、一袋玉米面饼或一袋红薯干。

一个星期天,回到家里,吃过了三碗杂面,父亲说,去给爷爷坟上撂张纸,我才知道爷爷在我不在时悄然离开这个世界了。他的坟头一堆新土,在春草勃发中显得格外寂寞,纸幡花白,在风中乱舞,因未经雨水而仍然崭新。漫山野花烁烁,坟后的土坡上一片连翘花开成了金子。我早听说,这是他三十年前为自己选定的葬身地,经过了三位风水先生的鉴勘才决定下来的。为了防止别人开荒和占领,他早早种下两棵核桃树。这个季节,盈抱粗的核桃树才吐新芽,而早发的果絮繁盛,如果天不作害,该是又一个丰收年景。那一刻,想落泪,又终于没落。那时候还小,还不懂得泪水,还不知道此后岁月漫长的荒烟蔓草里,泪水是命运的一部分。我清楚地记得,那天是清明。

农历里，清明是很重要的物候。此前为黄，此后为青，青黄在此节完成接头，年景和炊烟的飘荡似乎是由此开始的。爷爷一生历经了六十八个清明，终于在第六十九个清明咫尺可期时，再无力承受活着的沉重，停住了。

我无力看见和揣测记忆之前爷爷的生活和命运，在我不足十七年的和爷爷的接触里，他算得上半个读书人。爷爷写得一手极优雅的蝇头小楷，麻纸或者草纸上，雁阵一样，整齐而灵活，似在飞翔和鸣叫。内容在一九八二年之前是生产队的劳动工分，后来是每天所做之事和油盐酱醋的花费。这些称得上书法的毛笔字，一本本存放在一口土仓里，和小麦、苞谷和虫子在一起。后来随着那间草屋的倒塌，永远散佚在了风尘里。

好多年了，我回到家乡，再也难得见到一头猪了，但爷爷的晚年，是一直养着猪的，浑身漆黑头上三道皱纹的那种。商洛北部这地方，春夏时节多雨，连月不开，他披着化肥袋子，顶一只斗笠或草帽，在庄稼地里拔猪草。猪不见粮，全靠吃草，食量就大，一天要吃三大木桶，所以他总是陷在草窠里。为了抢在别人前面打到猪草，他总是早起，太阳起来，照耀庄稼地，照着他挪动的影子。猪圈是橡木架成的，初秋阴雨天，发菌腐败的树干上会长一些木耳，一朵一朵的，黑润如漆，采下来，洗净，用盐水和蒜泥拌了，非常好吃。猪有时候会和我们抢夺，抢到了，会笑。猪笑起来，有一种天真，很快乐得意的样子。

现在到一些地方，还能看到一两间草屋，那是造假作秀的商业行为，目的不言皆明，并不是为了居住的。爷爷到死，都没有离开过草屋。茅草易腐，更兼冬天朔风凶猛，掀得茅草遍地都是，有时会把半坡整片的掀下来，只剩一排乌黑的檩子向着天空。补草就成为每年清明前后必做的功课。他从山上割下经过一冬风吹霜打而不倒不腐的茅草，一捆捆背到檐下，一把把递上屋顶补到漏处薄处。补草使用的工具大多忘了，一种像宝剑状的茅针，我记得最清。它约三尺长，尖头，上面七只孔，那是穿草绳捆扎茅草用的。大人歇火抽烟时，孩子们争抢着把它悬在腰际，冲锋陷阵一回。后来年长，常常想到，兵械的源头大概就是生活生产工具，而战争的源起，也是为了身之居、口之食吧。爷爷一辈子从东山到西山，从一茬茅草到另一茬茅草，从一碗粥到另一碗粥，从一个清明到另一个清明，何尝不也是一场屡败屡战的征战？

一九八六年春，因为黄疸肝炎我休学治病。现在想起来，那是和爷爷走得最近相处最长的时光。某一天，他给我送来一沓书，那是五卷本《毛泽东选集》。我极用心地读完了它。我至今不明白，他为什么会有这套书？为什么要送给我看？书页中我发现一些折痕，也许，在漫漫长夜里，在饥寒的孤独中，他心无可用，翻过它，读过它，借以排遣过一些愁苦，思考过某些事；也许，那是别人所为，他从不曾动过它，只是无意中保存着它，只是看我无事可做，让我打发时光。世事如谜，人亦如幻。许多人事都已无凭无解，也许，它们本无答案，只是我们多想了，庸人自扰而已。

　　想起来，已经很多年没见过爷爷的坟头了。清明年年至，而我年年都在路上，这路到底将通往哪里，有时候清晰，有时候又无限茫然。故乡与异乡，有时候近到一场薄梦的距离，我用尽了一生的力气来张望，也无力打通。一个人有一个人的命运，就像爷爷和他的蝇头小楷，只适合记录杂事和散失。

二〇一七年四月四日

斯人未乘西鹤去

如果有人问我：当代作家里最喜欢的是谁？我会毫不迟疑地回答：张贤亮。在上世纪九十年代的某段苦闷的日子里，我通过邻居订阅的一种叫《中篇小说选刊》的文学杂志，读过无数遍《绿化树》《男人的一半是女人》，并由此及彼地读了他的其余一些作品。某种意义上说，这些文字让我在此后长长的时光里，从未间断过寻找、阅读文学作品的习惯。

先生的小说，在今天看来，大约算是"非虚构"一类，一种展现灵肉历程的"自传"。透过这些文字，我们能看到那段烟云风雨，荒境绝地，人心的死水波澜。我一直觉得先生的作品，有着华丽沉郁的可靠。这也是文学高于史籍的所在。在时间的匆匆行迹里，文学一直承担着某种证词的作用和意义。

九十年代末的一个苍黄的秋天，我只身来到贺兰山北段一个现在已经忘却名字的地方。从西安一路西来，两天两夜，风尘仆仆，举目只有远天旷地近水枯野的荒茫。这时候突然就想起了先生，想起了他的宁夏，他的黄河水、芦花，听说他的镇北堡离这里并不遥远。

那一刻，想到了他被逼迫劳动改造二十二年的农场，想到了马缨花、芦苇荡、寂寥长夜里抵御死亡的《资本论》。虽然我已经知道，先生多年前已经果敢下海，创办了华夏西部影视城，由一个半生被侮辱者变成了金光闪闪的资本家。但我竟无来由地觉得他仍在南梁农场里挥锹、刨土，在破败不堪的马圈里对着一匹老马向内心和世界发着沉沉的追问……

二〇一四年秋天的某日，从网络上突然看到先生西去的消息，我知道，这个消息是真实的，我并没有吃惊。因为几年前已经听到他生病的消息了，这是一种凶恶的病。作为肉体的人，总是要走的。先生写作生命最后的一本小说叫《一亿六》，因为这本书，人们对他颇有微词。在很多人的意识里，作为作家的张贤亮已经走了。但我一直不相信。或许他只是变换了一个武器和招式，只是用一种真情来说出和对抗另一种残酷的真实。这样的武器和招式更加锐利，只是人们还不能适应接受。我相信他仍在人间，用另一种目光注视着这个世界上演的剧目。

今天早晨，一觉醒来，天已是大明，黔北多雨，竟致半月不开，现在窗外是明媚的晴好。在灶房杂乱的储物间，在一堆报纸下面，我翻到了一本书——《中篇小说选刊》，它已饱经沧桑而面目全非，它经历了怎样的命运落在了这里？翻开，第一篇是《男人的一半是女人》。哦，这久违的故人！

在今天，有多少人读过张贤亮？有多少人知道这样一个命运的荒诞胜过戏剧的人？我关了门，闭了窗，将它从头至尾又细读一遍。在这里，我再次听到了先生的声音："世界是铁铸成的，没有感情，没有知觉，不会和你作无声的交流。你要影响它，推动它，至少要大喊大叫，哪怕仅仅是一声在压抑下的呼喊……"

"他来了，又走了"，据说这是张贤亮临终前为自己拟的碑文。这是所有生命的履迹，先生一生自然也在践行着这一肉体的至简大道，不同的是，他早已勘破生命与时间之间的媾和与背叛。

起身的时候，已是残阳如血，激荡的南风把一树梨花吹散了一地。时间正捎来命运的消息。

从桌上的镜子里，我又一次看见了我眼睛里的霜迹。

二〇一七年四月九日

面叶儿

有一句流传很广的话叫作"天下面食数山西"，从内心里，我是不大同意的。

老家商洛北山有一种面食叫面叶儿，是我从小到大百吃不厌的美味。它差不多也是这片土地上人们每天的主食之一。它的做法和味道都极别致，与新疆拌面、兰州拉面、河南烩面、山西刀削面比，它虽寂寂无闻却有独立的品性。

商洛北山这地方，地处秦楚交汇，山高水猛，风雨无常，地无十里平展，并不是小麦的生长福地。因为产量极低，在四季庄稼的份额中，小麦大约只占得三成。但也因为山高气寒，生长期就特别漫长，上年的八月中旬下种，此年的五月中下旬收割。漫长的生长中，得风霜雨雪白露夜霖的浸润，品质极为独特。"天下好麦出关中"，这个"好"，是说它的出面率和面粉的精白，它品质的丰富性。至于味道，不能说不好，也说不出什么特别来。我老家的麦味，初味冲，继而长，久而不竭，真的叫唇齿留香。读中学时，我每周日下午背七八个馍馍去学校，做下一周里每天的夜食。到了学生宿舍，放进箱子，留一肩的馍香去教室，到下晚自习，那香还不散。那桐木箱子锁不住的香气，弥漫荡漾，又伴一群孩子度过漫漫青春长梦。

不像面条需厚实才筋道，面叶儿讲究的是薄，近于透明才好。擀面叶儿是个细工活，性子急了做不了，面团要细揉三道，要放盆里醒一个钟时，就是把面里的某些成分唤醒出来。面张儿要擀得圆而匀。擀面的人，夏天擀出一头汗，冬天擀出满脸桃花。擀到成功时，你看到它已是案板的一部分。均匀对叠，快刀细切，切成二指宽窄，三角形，散开来，像秋风扫归了一堆霜叶。

做面叶儿浇头最好要有三样东西：一种是老白菜帮子做的浆水菜，菜要老要生，不要太熟太软；一个是藿香叶；另一个是芫荽。芫荽哪里都有，但食法不同，一定要与浆水菜同炒同煮了，那菜那汤才出味道。藿香叶别处并不多见，家乡漫山都是，打在猪草里，猪嫌有异味，整槽食都糟蹋了。也有夏天捣碎了放在床头防蚊子用的，常常蚊虫没防住，熏得人没了瞌睡。藿香叶不能多，两三片就行，细切了，也要在锅里煮释出味道。

下面叶儿时水要多要开，翻腾着浪花，把面叶儿迎着浪头丢下去，浪的力量把它们带向四面八方，鱼群一样在浪里游弋。面叶儿开水里滚三滚，面汤稍见浑时，就熟了，要是汤过浑，那就是煮过头了。煮过头的面叶儿把面香丢失在了锅里，就寡淡了。

面叶儿熟了，用竹笊篱捞在大白碗里，碗要大，一碗管饱。陕西人吃面用大碗，不是人傻，是一种经验使然，待你回第二碗，那味道总是稀薄了老远。浇上浆水白菜、芫荽、藿香叶合炖的浇头，滴上几点白醋、香油，放上几颗蒜，一碗面叶儿就成了。家乡有一种野生蒜，叫小蒜，有"三月小蒜，香死老汉"之说。其形似丝茅草，细而柔，拔出来，根上有一朵不分瓣的蒜朵，雪白，小如豆，大如指。剁成末撒在碗头最好，有蒜香而不夺主，可惜并非四季常有。面入口，麦的味道，芫荽的味道，藿香叶的味道，它们相互交融、补充、冲荡，又各行其道，像一阵风，其中有花香也有草苦，有虫鸣也有鸟静，吹送出时间和物候。还有一种吃法，把菜烩在面锅里，做汤面。一半汤，一半面，味道也好。

一个受了一辈子苦的人死了，送葬的人就说，唉，去土里吃面叶儿去了。哀伤里有一种解脱的释然：人世太忙太苦，而可口的吃食又那么难得，到另一个世界安安静静地歇息、吃好。

我吃到的最好吃的面叶儿，出自我奶奶的手艺。奶奶小脚，顶一头白发，着蓝粗布衫，出奇地刚强和利落。奶奶生活的时代，岁月清苦，她硬是用妙手和巧思，在清贫的路上杀出一条舌尖上的富贵路来。以此，让一家人获得心情和力量，去对付不见尽头的生活。后来，奶奶走了，再后来，随着命运的颠簸，食物的遍及，我就再也没有吃到过真正的面叶儿了。

这个世界，数不清的物事，像奶奶和她的面叶儿一样，我们只能眼睁睁地看着它们向着落日的天边越走越远，而无能为力。

二〇一七年七月十六日

饿

已是中午一点。没有手表，也没有戴手表的同路人。这时间，是感觉告诉我的。

一轮烈日当头照。我细高的身体投下的影子是圆的，它像一个圆圈套住我的双脚，我快它快，我慢它也慢，步大步小都不能跨出去，我在路边的玉米地坎上坐下来，它也缩成一团。布兜里的七个馒头变成了七块石头，坚硬而沉重，细窄的挎包带子在我肩上透过衣服把肉勒出一道深深的沟痕，如果它再深一点，就见到血了。

路沿下的河水闪着波光，河沙细腻，一种小鱼在沙面上犁出一道浑沟，腾起一股沙晕，旋即又落下去让沙面恢复如常。河水与我逆向而行，再逆行二十里，就到学校了，那里，也是它的源头，那也是我学生时光所抵达的远行的尽头。

早晨天放亮的时候，馒头正好出锅。一阵发酵的麦香掺和着蒸熟的椴树叶子的气味弥漫在整个厨房，它通过墙壁上放置煤油灯的孔洞钻过来，像一只白猫，身子被卡在了墙那边，依然不屈不挠地往里钻，仿佛这边屋子有它爱吃的猫粮。晚饭吃下的两碗玉米粥早不知去了哪里，这个时候，身体空空荡荡，饥饿占据了身体所有的角落。也是饿把身体叫醒的。父亲已经下地，遍地的玉米正熟。母亲把热气腾腾的馒头从笼屉里一个个往筐里捡。铁锅里升腾的热气透过椵树叶子，使馒头依然十分热烫，母亲每捡起一个馒头都要在手指头上吹一口气。这些我是看不见的，土墙厚实，缝隙都抹了麦草筋的黄泥，是我的感觉穿过墙壁看到的。

布兜的料子是一块蓝底白花的的确良，为了结实，四周走了双线针脚。我在这个叫庚岭的苦寒山区的中学已经读了大半年，它也跟随了我半年时间。往返中，它在我肩上；在校时，它紧锁在一口桐木箱子里。它的大小可以正好装下碗大的七个馒头又扎得住口，不致在漫长的路途中被太阳晒裂，或在存放处被野猫子偷吃。布包很少清洗，以至于它的里子结了厚厚一层馒头面痂。在馒头吃尽的星期六星期天，我会用手把它狠狠揉搓一阵，脱落的面屑倾倒在手心，再倾倒在嘴里。照例地，母亲在为我装馒头时，总会多装出一个两个，用作路途上的干粮。

黄沙的路面石子嶙峋，半天也见不到一个人路过。玉米和豆子正在收割，此时，所有的人都在地里劳动，把秸秆砍倒，把玉米苞撕开，掰下来。高冷山地，这是一年的主粮，大部分家庭用度也是卖了它来交换。不结玉米的秸秆被称为甜秆，味同南方的甘蔗，甜而多汁。小时候，我们常常把它从一堆堆玉米秆里挑出来，藏在茅草堆里保湿，啃到十月雪降。

在一块玉米林里，我用手折了四五根甜秆，断了头去了根，夹在腋下，边走边啃。甜秆的外皮完全不同于若干年后吃到的甘蔗，它可以撕离下来，一节甜秆七八寸长，青嫩碧润或白而无光，可以咀嚼好久，啃完了一节再撕剥下一节。剥了皮的甜秆很脆，但甜度、含汁量又各不同。有的很糠，有的有一种骚味。碰到糖汁度高的，我会细细咀嚼，嚼得不放过任何一点细节，那汁水咽下喉咙，似乎很稠，在喉壁上挂了一层浆。当它流淌到胃的时候，胃立即安静了下来。行走中饥饿的胃是最好动的，像一只警惕性极高的动物，它穿过肚皮和衣服警然四顾，不放过任何一枚野柿子，任何一枚被泥土埋着仅露出一点秧蒂的红薯。我听见坡上有人指着我说，这是谁家的孩子呀？在白晃晃的泥沙路上，一溜玉米秆渣点点撒落，渣上慢慢爬上饥饿的蚂蚁。

学校也穷，穷得只有教室，穷到没有任何体育设施，唯有篮球。离家远的同学星期天不回家，学生食堂不做饭，同学们有的投靠附近的亲戚，有的相约去较近的同学家，我和余下的人就打篮球抵饿。从早晨起床一直打到天色擦黑，一天的饭攒作一顿吃。学校周围有很多游手好闲的街坊混子，他们轮换着吃饭，轮流着和我们打。我们一场接一场地打，越战越勇，打得他们落花流水。运动不能停下来，一停饿劲就上来了，饿劲奇大无比，把你往街上小饭店里拽。

在乡医院旁有一家小商店，卖一种面条，分一斤装和半斤装。

面条颜色斑斓发乌，显然掺了很多麦麸，但很细，细若毛线。坐店的是一个年轻媳妇，头发在背后编一根大独辫，用黄头绳系着，她有一对小虎牙，笑的时候露出来，牙上有一层亮亮的釉光。柜台上有一支笛子，很长，有一头有一个金黄的铜圈。不是卖的，也不是吹的，就在那儿长期放着。我在买面条时，喜欢拿到嘴边吹一阵，吹《何日君再来》《莫斯科郊外的晚上》。有一回吹着吹着，我看见她滴下了一串眼泪，落在柜台的松木板上。从那以后，我再也不敢碰那笛子了。

街上共有三家饭店，有两家时开时关，只有一家是正常营业的，开到晚上十点关门。关了门，只要你喊，他也能起来给你做饭。饭店都只有馒头、面条、饺子，大概是不会做别的，也许做了别的也没有食客。面条五毛一碗，面条上加一片白菜或菠菜，放上盐，浇上酱油。大蒜是老板自己种的，可以随便吃。饭店也接受来料加工，煮一碗面条，提供酱油和盐，一毛。我每次都是煮一斤面条，一只碗盛不下，再添一只小碗，或者没有客人时，待吃了一半，再把锅里的面条添上来。店主喜滋滋地看着我把一斤状若麻线的面条风扫云雾地吃完，再给我盛一碗面汤，说，小伙子，将来给我做女婿。

学校食堂的饭票是用钱来买的，也可以交粮领票，我离家远，没有自行车骑，只有选择前者。因为总是缺钱，就总是有断顿的时候。我的同桌是一位女生，她的父亲在乡政府工作，她不缺营养，长到一米七，她也不缺饭票，每次吃过了饭，碗壁上还有一层饭，被水可惜地洗掉。有一个星期，星期三我就没饭票了，放学了我不能拿碗去食堂，也不能坐在教室里，因为同学们都打了饭在教室里吃，我就去宿舍啃一点馒头。馒头是用作晚饭的，也不敢多吃，吃多了，晚上就没了。一天上课，我在文具盒里发现了三斤饭票，饭票是粉红色的，它被一张作业纸包着，纸很薄，饭票的红隐隐露出来，像一朵白玉兰透着红蕊。蓝格的纸上没有写一个字。我猜到这是谁给我的，我正好在她的语文作业本上发现了缺页。突然的温暖让我整整一堂课没有听清老师所讲的内容。

从毕业到现在，我似乎再也没有饿过肚子。而由十八岁开始的，是生命的另一场饿。

二〇一七年十月十日

街灯明灭，勾缀成行，为了生者与死者

　　"很多年过去了。回头看，沿着一排暗中的街灯，两三盏灭了，郁闷中有意外的欣喜：街灯明灭，勾缀成行，为了生者与死者。"这是北岛在散文集《城门开》小序里写下的最末一节，读至此句，让人陡生唏嘘。这既是北岛和一代漂泊者半个多世纪个人命运和时代波云的反观，也是他记录下它们的使命所在。

　　二〇〇一年冬，因父亲病重，北岛回到阔别了十三年的北京，然而眼前的一切已经面目全非，难以辨认。物是人凋，故园颜改，在自己的故乡，北岛成了一个陌生的异乡之人。也就是从那一刻起，作者萌生了用文字重建一座旧日京城的冲动，把童年、青春、声音、光影召回。书名《城门开》也有着某种深意：这是一座现在的城，也是一座过去的城；这是一座现实之城，也是一座记忆幻化之城。而它们，向着昨天，也向着将来，向着生者，也向着亡者开启。

　　全书十八篇，记录的都是作者少年时代北京城里的生活，这是一本回忆之书。这些故事是相对独立的，又是相互勾连的，是个体的欢场，也是时代风雨的舞台。透过一个少年的成长历程，我们可以清晰地看到贯穿于其中的时代风云的印迹。因此，我更愿意把《城门开》看作一份双向的证词。

童年、青少年在人的一生中如此重要，甚至可以说，后来的一切几乎都是在那时候形成或被决定的。回溯生命的源头相当于某种史前探险，伴随着发现的快乐与悲哀。如果说远离和回归是一条路的两端，走得越远，往往离童年越近；也正是这最初的动力，把我推向天涯海角。

从三不老胡同一号到北京四中，从一只兔子到一只鱼钩，从钱阿姨到父亲，从童趣的生活到大批斗……少年时光是美好的，又是苦涩的，是恍然的，又是真切的。它们共同参与见证了个体和时代的命运。

然而，《城门开》又远远超出了见证时代的范围，作者的本意也不在此，它依然是美学的，生命的，充满血肉温情的。那少年离我们如此之近，他的喜忧悲欢如此真实可触。没有控诉，没有泛情，只有娓娓道来。令人无限惊叹的是所有篇章行文的节制和美。清朗萧散的文字，营造出深远的意境，将非人性的苦难净化。这是纠绕又超然于一切之上的美，使它从无数回忆录式的吟叹悲情中脱离了出来。

木心说，"五四"以来，许多文学作品之所以不成熟，是因为作者人不成熟。"曾经沧海难为水"，北岛作为人间风雨的过来人，早已明达如镜，对命运，对时间风尘，早有一种钱穆所说的"温情与敬意"。这让人又想到写下《社戏》《故乡》的鲁迅。寥寥笔墨，惆怅、细微的风景和人情展现于我们眼前，没有悲愤，而是充满了伤怀与深深的情义。

　　我无力谈论《城门开》的艺术，也许，它早已无关艺术。我想说的是，这是一部用记忆和心灵淬炼的苦难之书。它是记叙的，抒情的，又是批判的。我甚至不愿称之为散文或者文学。

二〇一七年十一月二十日

端　午

我是喜欢端午节的。

老家这个苦寒之地，到了端午节才进入真正意义上的初夏。花儿遍地尚艳，而早熟的山果们又已成熟，重要的是此时空气的温润。不说别的，如果单就身体和日子契合度而言，端午节前后，是一段无以替换的峰值期，此前藏着寒意，此后则过于暑气。

更重要的是，在这个节日，我能吃到饼干，父亲给予的、一年只奢侈一次的美味。

那饼干直径有一寸，圆形的，脆而香甜。我记得它的名字叫"海红果"。我一直不知道它的成分，想象里，认为它含着苹果的某些特质，甚至就是苹果演化来的。苹果是世界上最宽广最懂疼人的水果了。

我喜欢在被窝里吃饼干，被子把头蒙住，黑洞洞的世界，是我一个人的世界，不，是我和饼干的世界。饼干在我小手里翻来覆去，我喜欢抚摸它花边状的边缘，细碎的波浪形状，有小齿，齿很圆润，齿和齿大小那么相等。它们锯着我的手心和手指，我感到痒痒的。如果中间一颗齿掉了，转到这儿时，我会特别小心，生怕再坏掉一颗。每触到那破损处，心里就有一丝难过。此时，饼干的香气充盈着整个被窝，有几丝想从翘起的被角溜出去，报告别人被窝的秘密，我赶紧把被角卷紧，不让它溜出一毫。只是饼干太不结实，不一会儿就碎了，我不得不放到嘴里。沾了手上的汗渍，此时的饼干有一丝丝咸味，咸味和饼干的清香扭绞在一起，产生的是另外一种味道。这种味道说不出来，它只让我一个人能尝到，相信别人都没这个口福。可饼干并不多，通常只有一小盒，无论我怎样缓慢地消受，都不经吃。我用舌尖仔细地清理牙缝间的残剩，童年的牙齿极好，几乎无缝，偶尔寻找到一小块，我会用舌尖把它顶在上颚，慢慢碾压，它一点点融化，渐至于无。饼干特殊的余香缭绕不绝，一直把我引向梦乡。

掉在床单上的饼干渣，在我翻身时，总会把我叫醒。睡眼蒙胧里，用手去摸，又摸不到，这时候，它是黏在皮肤上的。我用手指轻轻捻下来，放到嘴里。窗外有一丝风吹过，有一种鸟叫了一声，我知道，那是麦黄鸟。麦子正趁着夜色大面积黄熟。

从童年以至于少年，我好像从来没有离开过老家这块地方。端午节的记忆总是平常又单调，我常常艳羡那些走南闯北的人，他们经历了无数的世界，也经历过不一样的端午，经历过古老的节日赋予的各类吃食、民俗与民生、人间的幸福与苦乐。那时候，村里常有弹棉花的浙江人走乡串户，说一口听不懂的南方话，弓弦铮铮，絮丝飞扬。我想象着他们四海为家的生活，想象着他们家乡不同的端午欢乐。他们离村，我总跟去很远。

我高中三年，只有一个端午是在学校过的。记得那时候，我的宿舍外，有一种花，总是在端午前后开得最艳。有那么一枝，会沿着被打碎了玻璃的窗框伸进来，枝头并无一片叶子。缺了雨水的浸润，花蕊依然勃然。直到毕业，我也叫不出它的名字。在那个夏天，在一朵不知名的花的芳菲里，我经历了短暂的爱情和别离之苦，完成了我生命的另一程启蒙。

今天，我又看到了它，在异乡的和风里，在千疮百孔的乡村路边，孤独而明艳。它提示我，端午节就要到了。而我，将在这一天看见我人生的四十八岁。

二〇一八年二月五日

奔波中的中秋

阴雨连续多天不歇，空气湿漉漉的。远处的山，近处的人烟和收割未净的庄稼地，被雾气笼罩得严严实实。雾气不停地向山顶升腾、弥散，刚露出一片山的肌体，又被很快补充上来的雾遮住了，像一件件褪不完的衣裳。

离开家整整八个月了，一切是那样熟悉，又那样陌生。春节行前植下的小桃树蹿到了一人多高，明年的这个时候，一定是满枝硕果。房前屋后所有的树木仿佛都长高了一节，只有黄菊花还开在原地，开得那样野，那样没心没肺。

爱人去邻居家帮忙做豆腐了。做豆腐，是一项体力活，村子里的年轻人都去了外地打工，上了年纪的人无法独自完成这复杂耗力的工作。

我开始做早饭。先去地里摘秋黄瓜，黄瓜炒青椒是我最爱吃的一道菜，用它就煎饼，别提多开胃了。儿子也放假了，正往回赶，如果顺利的话，应该能赶上家里的这顿早饭。

收了棒子的玉米秆大部分还长在原地，因为地里被雨水浸得太软了，无法下脚，只有等待天晴再收拾它们。地片的边缘野草疯长，渐渐向中间挤压过来。有效的土地在收缩，撂荒的地片也不少，野草和杂树完全占有了它们。

鞭炮在村里稀稀拉拉响起来，烟气升向天空，和云雾纠缠在一起。这是各家在开早饭了，按照传统，过节要告知先人们一声：都回来过节吧。

在老家这个苦寒地方，中秋节是四季中的大节，除了春节，就数它最有分量了。这天家家要吃米饭。在一个从来不生长水稻的地方，白米饭是非常庄重奢侈的饭食了。现在物质供应完备，大米早已不缺，人们仍然延续着这个传统。

正炒着菜，儿子和爱人同时到家了。大半年不见，少年成人，儿子长高了不少。一家三口，天各一方，平时难得相聚。对于我们全家，这个中秋节，是真正意义上的中秋节。

我询问儿子的学习情况，他说课程抓得很紧，每天只能休息六七个小时，所有的时间都在画板上用功。他现在西安某艺考班复读，去年因六分之差没有过线。这是个烧钱的专业，对于我们这样的家庭来说，真是一个错误的选择，但又是不得不选择的选择，单纯的文化课高考，他根本没有希望。这也是许多基础薄弱的农村孩子的选择，所谓曲线上大学。

吃完了今天的中秋饭，他又要返校了，再回来，要到春节了。

爱人帮孩子收拾明天要带走的东西，吃的、用的、冬天的衣服，一件件往背包里塞。她大前天才从韩城塬上摘花椒回来，指头里扎满了椒刺，每碰一下，就疼一下。关于椒客的生活，可以写一本书，这是和麦客异曲同工的苦业。家里的一亩多土地早已不是她的主业，这些年，她也尝试着外出打工。对于一个没有多少技能、没见过世面的中年女性，真是艰难。三月摘茶叶，八月摘花椒，下一步，就要去渭北给人摘苹果去了。

明天，一家人又将天各一方。

这是一个奔波中的中秋节，奔波中相聚，奔波中别离。在今天，很多家庭都是这样。

雨还在一直下，据天气预报，还有两天雨，今夜，注定无星也无月。八月秋风凉如水，他们都穿上了厚厚的秋衣。孩子和爱人打开月饼包装，看着电视，眼前是升平的画面，身后是不息的时间和未知的命运，他们啃得那样笃定。

二〇一八年九月二十四日

阿　宝

　　阿宝是一条狗，土狗，我家的。如果它一直活着，今年正好三十八岁了。它只活到了三岁，不用细算，它死那年是一九八三年。

　　我清晰记得，老家这个小村子是一九八〇年后包产到户的，因为是最小的生产队，又位置偏僻，试验就从这儿开始，万一失败了，损失就相对小些。于是，我们比别的村子早吃了两年饱饭。我也因此，比同学早穿上了蓝色的确良裤子，很是得意了一阵子。

　　家乡这地方地理结构有些怪，一条长长的大沟，像一只百足蜈蚣，茫然而努力地爬向并不知道的前方。那两岸数不清的壑壑壑壑就是它的脚和脚间的间隙。我家那个村子就诞生在它的一只足上。五十口人，四十亩地，加上家家自开垦的那一部分，正好人均大约一亩。因是山地，因势就形，东一片，西一片，大一片，小一片，没一点规矩和形状。看天吃饭，收成常没啥保证，最可恨的，除了风不调雨不顺，还有山猪，一头山猪，一晚上能糟蹋半亩地的玉米。人晚上要睡觉，精神扛不过它，就需要狗来值夜，于是，我家就有了阿宝。

　　阿宝有许多故事，要讲，能讲一大本书，这里我讲讲它值夜的故事。相对于别的事,为主人一家的口粮值夜,是它一生最风光重要的事。别的,都可以忽略不计,像人一辈子里许多事一样,待成追忆时大都不值一提。

家里那时候人口多,土地有五六亩,都集中在南坡上,一墚两洼,五月麦子八月米,一年一熟半。所谓米,就是苞米,这里无水,真正的大米离人们生活很远。小麦有芒,又硬又扎,生着刺,难以咀嚼下咽,这成为它的自卫武器,山猪不到饿得九死一生不会碰它。最头疼的是玉米,从出红缨开始,山猪就频频出没糟蹋,直到八月收获,时长达三月之久。山猪聪明,堪称巨猾,声东击西,神出鬼没,那层出不穷的智勇,斗垮了多少庄禾和汉子。

阿宝是捡来的,无名无姓,一团漆黑,唯尾尖上一点白。父亲把它抱回家的时候,它只有筷子长短。不曾想,半年后就猛蹿到三尺。很少人真正听到过钟声,阿宝的叫声让人感到,黄铜大钟的声音一定就是这样的。好多声音是飘忽的,遇到了风或别的阻拦,会拐弯或落下来,消失在草丛和尘土里。阿宝的叫声是直直的,向着天上的,逢强更强,逢弱不避,像烟花一样,在高空次第炸开,光芒四绽。到了当年深夏,阿宝就能跟着父亲去南坡为玉米们值夜了。

山梁上搭一个窝棚,人字形,树干为架,巴茅为披,里面支一张床,门口挂一盏马灯。巴茅年年插,灯油夜夜添,这就是值秋。我后来半生的行程里走过无数不毛之地,见到了数不清的窝棚与值秋生活。生存有无数艰辛，值秋，是源远流长的一幕。

山猪是群居动物，进庄稼地时，常常是一群，在对付玉米时，又是各自为战遍地开花，体现出很高的战斗智慧。守秋的人东边追到西边，南边赶到北面，不堪疲苦，效果甚微。而有了狗，效果大不一样，狗速度快，听觉嗅觉十分灵敏，成为山猪真正的克星。但山猪凶暴，死伤的狗总不在少数。那天我从学校回来，看见父亲正给阿宝缝伤口，阿宝嘴里横塞着一根大拇指粗的木棍，嘴巴用麻绳一直缠绕到脑门，这是防止它忍不住疼时撕咬反抗。阿宝的肚子上有一条血口，一尺多长，深见肋骨，血流了一地，那摊血有一丝腥甜的气味，像它的颜色。多少年里，我一直有一种错觉，总是把红色和甜味联系在一起，自己并不能说出其中的道理。父亲用完了一根纳鞋底的细麻线，才对缝完成，又涂了锅底灰。阿宝一声不吭，取下嘴里的木棍时，木棍断成了两段。那次阿宝在家里躺了三天，不吃不喝。

阿宝跟随着父亲为我家的玉米地值秋三年，有时候也跟随哥哥，有时候也跟随着我，有时候它独自一个。它长到成年，差不多半人高，跑起来，四肢和身体拉成一条线，像一缕黑云飘过。它先后被山猪的獠牙、树桩、悬崖的利石刮伤多次。到了后来，它如一位身经百战的勇士，威名和威猛令入侵者闻风丧胆。

我曾亲历过一场阿宝与一头母山猪的恶战。最凶猛的山猪不是身重过数百斤的公猪，而是母猪，饥饿和母性使它异常顽强。

逢星期天，我不爱睡家里，喜欢睡到窝棚里，除了晚上可以看天空的银河，听各种林鸟叫，用手电筒去照黑暗中的事物，胡思乱想一些遥远的事情，还可以掰来地里的玉米棒子烧了吃。玉米熟时山核桃也正熟，用小刀剜出山核桃仁儿就玉米吃，那个味儿，是人间最真的香。那是一头身长五尺的山猪，还带着一群崽。在一堆大石头后面，阿宝截住了它的去路。我打着手电筒，看得很清楚，它有四颗伸出唇外的獠牙，獠牙的长度出卖了它的身世：这是一头身经百战的老猪。阿宝发出怒吼，声音如巨石滚过夜空，山猪还以颜色，毫不示弱。它把屁股抵在石头上，头如盾牌来回摆动，让阿宝无从下口，它的崽们这时已做了鸟兽散。阿宝一次次扑上去，一次次被击退，阿宝猛然跃起，越过了山猪的头顶，一口咬住了猪的臀部。如两块巨石，它们在玉米林里滚动、撞击。玉米纷纷倒伏狼藉一片，最后，山猪终于不敌，滚落山涧逃走了。那一战，阿宝一条前腿被咬穿，而我手中的火铳到底没打响。大战之后，那个秋天，山猪再也没有来过南坡。

一九八三年开春，乡上一个爱吃狗肉的恶霸不知怎么知道了阿宝，三次来要狗，父亲死活不依。后来，父亲和一群乡亲被调去了外乡出工。记得那时候，不分男女和季节，大人们一年有三分之一时间在各地转战，修地、修公路、修水库，人们称之为公差。几天之后，恶霸带走了阿宝。

星期天，我悄悄翻过那个恶霸家的院墙去找阿宝，远远地看见他家厨房雪白的石灰墙上钉着一张狗皮，像一幅黑色的地图。我走到跟前，见阿宝的毛发黑亮依然，尾巴上的一团白，耀眼而刺心，它被风吹动，仿佛依然在奔跑、吠叫。我一下就哭了，这是我记忆里，第一次不是因为自己身上的事而哭。而今历经沧桑，感到一个人活在这个世界上，命运也是像梦一样飘忽无常，并不比一条狗更幸运。

二〇一八年十一月二日

小城书摊考

我并不具有考据和论证这方面的资源与能力，这里的"考"，最多只能算观察、途听和记忆。准确地说，称作记录更合适些。

丹凤县，读过几本当代文学书的人大概都不陌生，它是著名作家贾平凹的家乡。说起来，这座水陆码头，人谓九省通衢之地，县制的历史并不比贾先生年长多少。据百度，一九四九年六月一日，首设丹凤县；一九五〇年和一九五八年两次撤并；一九六一年十月一日，正式恢复丹凤县至今。仅七十年时间而言，可谓数易名姓，风雨飘摇。

商山自古名利路。作为连通南北的著名通道，秦之尾，楚之门，南方学子由此往长安求取功名，商贾们经古道追逐天下物利，百里苍山古地留下过太多故事和诗篇。总之，这是一个有历史和文化的地方，简牍与纸张都曾尊贵过。

一

一九九〇年六月，我第一次进县城。

这一年，我写了个古装戏剧本《桃花渡》，内容讲的是才子佳人的爱情故事，在情节上，我努力地让它出了些新意，但现在看来并无多少价值。写剧本起因之一是我此前读了大伯父的许多藏书，《打金枝》《辕门斩子》《武家坡》《巧合奇冤》等等。起因之二是，那时候的戏剧比小说诗歌要红火得多，商洛花鼓戏《六斤县长》《屠夫状元》红遍中国，这些原本最底层出身的编导作者们因此统一夜改变了命运。

我把剧本寄给了当时的商洛戏剧创作研究室主任陈正庆先生。他很快给我写了回信，希望去他那里谈谈剧本，并留下了一个五位数字的电话号码。我因此得幸第一次进城，第一次接触到书摊。

在县电信局柜台，我战战兢兢地用转盘式电话机拨通了那个电话号码。电话那头是一个少年的声音，他告诉我，他爸爸去西安开会了，要几天后才回来。我有点蒙，不知所措，付了两元钱的话费，走了出来。一年后，陈正庆先生调到了陕西省戏剧研究院，我无法再联系到他，《桃花渡》永远搁置了下来。去年，在老家阁楼上的一口纸箱里，我见到了初稿本，已被虫子蛀成了网筛。

电信局门口，摆着一溜长长的书摊，花花绿绿，中国当时发行的书刊，这里几乎尽有。书摊前人头攒动，男女老少混杂。摊主一律很高冷，一副皇帝女儿不愁嫁的样子，任顾客怎样讨价，决不让步。

那时候，我正是一位热烈的文学青年，左邻右舍能找到的书已被我读遍。在贫困遮蔽的乡村世界，得到一册新书比得到月亮都难，对于我来说，那是个别样饥饿的时段。这就是我梦里无数次来过的书摊啊！真来了，怎能空回？何况口袋里还有余钱。

那真是个读文学书的年月，无论哪个书摊，都以文学书刊为主打。《人民文学》《收获》《诗刊》《当代青年》《今古传奇》……几乎无一例外都是当月新刊，展现着这里与当下文学前沿联系的紧密。

我问，怎么没有《诗神》？那时候，写诗的人读河北石家庄出的《诗神》。《诗刊》虽掌诗界大旗好多年，但已显僵老，精品度远不如后起之秀。摊主挥手向西：那边有的是。

县城西头，是车站和县医院所在地，书摊更铺张，真是书籍如海，除了期刊，更有杂书，如《云海玉弓缘》《七剑下天山》《保卫延安》《小五义》，也有西方名著。最火的是汪国真的《年轻的风》。

我倾其所有，买了一抱书。心里想，住在县城真是好。又想，做个书摊主该多好啊。

二

自此后，隔三岔五，我就会进城买书。

那时候，从家乡小镇上到县城还没有正规的班车，一辆大解放，绿漆斑驳，车厢拦腰系两根鸡蛋粗的草绳。这样可以防止乘客们巨大的摇摆力量把车厢撑开，又可以让人身有所倚。山路崎岖而坑洼，一厢人柴火一样码在一块，腾云驾雾似的来去。在无缘乘坐它的时间里，我无数次艳羡地看着那些去往大世界的人们。

　　慢慢地，我和几位摊主成了朋友。有一位河北来的老王，可称忘年之交。老王在丹凤邮政局门前摆摊已经五年，他是保定人，听他说，此前他就一直做书摊生意，为把生意做得更大，老婆在老家摆，他来到了这里。

　　老王卖书也读书，文史知识颇丰富，常让我云里雾里又无限羡慕。他常捧一部《清通鉴》，读得忘乎所以。与当时流行的二月河正好相左，对康雍之治他有一套自己的观点，他说："以康熙对待文士们的态度，他就是个浑球。"他卖的主要也是文史书籍。我问他："卖书挣钱不？"他神秘兮兮一笑，我知道了那一笑的内容：挣钱。有一回他告诉我，他的书来路便宜。原来他的老家有人专门做盗版书，什么书紧俏就做什么书。他说："陈忠实得感谢我们，没有我们，他传不了那么远。"

　　到一九九九年去矿山打工之前，我差不多读了十年书，十年里，我把人生理想和山上地里抠出来的收成都压在了这些书本上。我肚里的一点底子，就是那段时间打下的。记忆特别深的是一对夫妻，两人共同经营一个书摊，一把架子车，早晨拉来，傍晚收摊，从未间断。架子车上铺一张巨大的木板，他们摆的是流动书摊，东西南北到处窜。女的特别能吆喝，男人则讷讷少语，他基本上是个纯粹的车夫角色。这位男人，后来成了非著名作家，一副眼镜，一身总不合体的旧衣服，一张苦脸，像一根苦瓜。在县城的街上，我经常碰到他。丹凤苦焦，物无产出，人无出路，有数不清的这样的人，梦想以文字改变命运。文学害了他们，往深一点说，他们也造成了互相伤害。

除了卖书的摊，也有收书的摊。有一位河南洛阳的小伙，不叫不喊，一个牌子写两个大字：收书。铁画银钩，堪称书法。他专收繁体竖印的线装书，有时一天收到三五本，有时一本也没有，不知他靠什么生活。

还有一位摊主，留着当地青年身上少见的长发，自称诗人。极善辩，他摆书摊好像不为卖书，是为了和人争辩。他熟读爱伦·坡、里尔克、马蒂，甚至熟悉他们的隐秘。

整个九十年代，丹凤县城有多少以摆书摊为生的人？恐怕谁也不能得出一个准确的数字。他们来来去去，生生灭灭，像一茬茬草木。但总的说来，是烈火烧不尽的春草。公办的新华书店无力与它们对抗，搞起了烟酒中介营生。

三

一九九九年冬天，我开始了矿山打工的生活，山南水北，漠野长风，一去十六年。

十六年里，也有过无数次的回来与离去，每次，我都尽力拐到县城的书摊上，买几本书刊。矿山生活苦累而荒凉，书本可以打发那些令人窒息的时间。

渐渐地，我发现书摊的数量在变少，它们的根据地在萎缩，城东城西的书摊都集中到了人口稠密的中街一带。书的种类也在变化，很多算命的、八卦的，更多的是学生辅导书籍，纯文学书刊基本消失了。老王回了河北，据说做了锅炉工，肚子里的文史随着一锹一锹煤喂进通红的炉膛。那对本地夫妻卖起了旧家电，更多的摊主也干起了别的营生。当然还有坚持的，比如花白头发的老张。他原是企业工人，因为改制下岗了。他的书品相好，价钱也硬气，我一直是他的常客。

有一天，我从甘肃天水回来，正好有两个小时的候车时间需要打发掉，我又去了书摊。书摊早非昨日气象，换上了年轻的新面孔，他们用电喇叭叫卖。

老张正把书往一只编织袋里装，离天黑还早，他早早收摊了。一起一伏之间，更加暴露出他花白的头发。他嘟囔说："真是卖不下去了。"他对我说："你随便挑吧，不管好赖，两块钱一本。"

我突然有些难过。为了安慰他，我挑了一大包，给了他五十元钱。不知什么时候，他终于消失了，那个落日黄昏，是我最后一次买他的书。

丹凤县城早已不复"去年天气旧亭台"，座座高楼仿佛一夜冒了出来，那些没有来得及拆建的老房子，像乡下来的寻亲人，苍老而羞愧。偏偏霓虹灯的光总要打在它们身上，让它们更加无处藏身。

我回家的次数越来越少，发现县城的书摊也更加少了。它们被巨大的商业的聒噪声埋压在了角落和缝隙里。很长一段时间里，我都有些不适应。生理学上有个说法，说一个人失去了某个肢体或器官，很长时间里，他会觉得那个肢体或器官还在，老想着用假想中的它们去完成一些事情。已渐渐不复存在的书摊，那些认识不认识的摊主，就是我和许多读书人身上的那个肢体器官。

二〇一五年，为了方便孩子读高中，我们全家搬到了丹凤县城的一处租住房。也是从这一年起，我离开了矿山，长年机器和炮声的震荡，听力几近丧失，人到中年，不得不重新选择，开始另一场生活。而当我重新打量将于此生活的这座小城，一切似乎已变得无限陌生。

县城的规模已经扩大了三倍，据说城东到城西有十公里路程。到处都在建设、促销，资本的力量无处不在。书摊和报亭彻底退出了舞台，上场的是各类咨询、培训和卦摊。人们的命运飘摇茫然，似乎这是唯一可以打探和把握未来的地方。凤冠山开发成了旅游景点，唯有流了千年的丹江一日小过一日，变得浑浊不堪。

走在快递员和城管呼啸穿越的街道上，我常常想起那些书摊，那些摆摊的人们，那些可能早已化作纸浆或尘泥的书籍，心里止不住轻声问一句：你们还好吗？

二〇一九年六月十八日

父亲最后的时间

这是父亲一生最奢侈的一个凌晨。

二〇一五年六月二十日，黑暗里，我被母亲隔着窗子急急叫醒，看了下手机：凌晨三点。父母住的厦房与我家同院，但隔着高高的七步石头台阶。我听不清母亲说什么，心里咯噔一下：老爸一定犯病了。

此时，我还戴着颈托，虽然颈椎手术结束已经一月有余，但按医嘱，还不能摘除，哪怕是睡觉中。我一只手托扶着脖子艰难起身，趿拉着鞋往厦屋里跑。月沉星隐，东方初显远山黑褐的轮廓。

父母低矮的卧室早挤满了人，大哥、老弟、大小侄儿，在家的人，都到场了。多年来人各东西，这间十几平方米的泥墙小屋，从来没有聚集过这么多的人。就团圆和关切而言，这是父亲一生里最奢侈的一个黎明前。父亲躺在床上，满头大汗滚落，老弟不停地用卫生纸擦拭，地上集起白花花的一堆纸球。吊瓶已经挂起来，照例是生脉、丹参、冠心通这些药液的勾兑物。父亲生病的这些年，家里人个个被逼成了医生，家里从没断过药物。舌头下压满了速效救心丸，父亲已无力说话，但神志还清醒。呼吸显得十分困难，大侄儿打起手电去山下的村卫生院拿氧气袋。去卫生院有一段三公里的坡路，他发动了摩托车，电话联系过了，正好有氧气袋。卫生院住着病人，医生一个人侦守，不能离开。其实是不想沾手，这种病，到了眼下程度，都懂。

母亲悲伤地说，你爸这一关怕是过不去了。

这是严重的心梗加脑梗。这些年里，已经犯了无数次，每次经过全家的努力和自救都挺了过来。现在，最需要的是安卧不动，去最近的镇医院也有三十里，翻山越岭，最大的可能性是，车未到医院，人已不在了。给县医院的熟人打了电话，对方说，救护车来回至少五小时，风险太大了，先静静观察吧。

氧气袋回来了，天蓝色，两只。制氧机是村卫生院两月前才配置的设备，机器太小，医生也手生，制得特别慢。说只要开关大小适度，能用五小时。我们笨手笨脚为父亲插上，在他鼻孔上贴了固定胶布。父亲慢慢平稳下来。晨光正从东边越过树梢打过来，窗户纸似乎被光线打穿了，照亮了屋子和每个人的神情。窗外地里的玉米长到一人多高了。

父亲的脑梗第一次发病，是二〇〇五年春天。

峡河两岸的山上长满了橡栎和青冈，这是生产香菇木耳的上好材料。整个春天，山上响彻着木头的击打声，哪哪哪……此起彼伏。以户为单位，人们在一只八磅锤上面钻了孔，安装一只皮带冲。大锤起落，皮带冲在成段的树干上打出拇指粗的孔。一段1.5米长的碗口粗的树干上打出近百只孔，一个劳力一天要完成一百根树段。妇女和孩子们在这些孔里塞满菌种，砸上树皮塞，码上堆，然后慢慢培菌，到来年，长出木耳和香菇。

那时候，家里还养着牛，牛在山上吃草，父亲给树干打孔。天气一天比一天热起来，菌木的最好发菌时间是温度合适的春天，到了夏季，菌丝会被晒死。家里人口多，花钱的门路多，作为最大经济来源的木耳香菇，其培植所需要的树干数量特别大。日复一日，我们挥汗如雨。牛们性野，东山跑到西山，还需时时盯着它们。

这一天，干到了上午，大家啃馒头，喝开水，父亲去寻找牛。吃完了馒头，小躺了一觉，还不见父亲回来，我起来去找他。见到时，他坐在一棵树下，大汗如泼，两眼紧闭。我问怎么了。他说头晕得很，恶心。拉他起来，一条腿已无力支撑身体。那时候，我还不懂这是脑梗引发的中风。回了家，我骑了自行车，把他送到村卫生院。做了几十年村医的老中医说，这病危险，基本没办法。后来多年后，老中医也死在了中风上。那次，经过了四十多天的药物调理和休养，父亲奇迹般地恢复如初了。但从此，家里也陷入对他再次发病的恐慌里。

父亲安慰大家说，没啥大不了的事，我们家族就没活过七十的人，还能挣扎得几年？这一年，他六十三岁。也的确，爷爷六十八岁走，大伯六十八岁离开。一个一百多年前从安庆逃荒而来的家族，由大米改食玉米土豆，由四季舒适转而承受猛烈的酷日和北风，机体适应的代价是寿命的缩短。这是不是一个可以作为医学研究课题的生命嬗变？

在一家人的紧张里，父亲幸运地走到了二〇一三年。其间世事明灭，山河轮转，儿女们都已成家。

那一天，我从西峡医院回来，其时麦苗青青，春色无涯，野桃花开满了山涧。在三条岭上和父亲相遇，他骑一辆破旧的两轮摩托车，我骑着上年冬天才买回来的钱江125。他去镇上给小侄女买感冒药，我从外面回家。母亲在西峡县人民医院化疗，暂由老弟服侍。我们急急擦身而过，匆匆说了几句话。

第二天早上，我喊父亲吃早饭，推开门，他还睡在床上。他说，我恐怕再也站不起来了。原来是晚上，他犯了病，但已没有了力气喊人帮助。脑梗死的最佳抢救时间是八小时内，父亲错过了时间。从此，只能依靠拐杖行动。

二〇一五年六月二十日，我和弟弟雇车把父亲送到了县医院，做最后挽救。没有人知道，此时距他的离开仅有六天。其时他已丧失吞咽功能，在医院，他被插上了胃管，接受鼻饲。

在医院三天，父亲一日沉重过一日，所有的药物在身上效果为负。主治医生说，还是快回家吧，再不回就没有时间了。

在车上时，我想起来，三年前的某天，我用摩托车载着他沿丹江慢骑一圈，让他看看日益变化的县城和山外的生活。那天，带他来医院做脑 CT，一切顺利，早早拿到了片子。而今天，已经没有慢行江城的意义了。

丹峦路，蜿蜒曲折百余里，奔走过多少时间的车马。三四十年前，尚没有公路，一条小路连通南北。父亲每月三次担着百多斤的供销社的进出百货，一日完成往返任务。那时候谓之"挑脚"，是必须完成任务的义务工。他给我讲过许多路途上的故事。父亲这一辈人，用肩膀担起过一方民生所需，用一根扁担连通过一个时代物质与生活的传递。读懂上一代人残缺又丰富的人生，才是我们最基础的课程。那晚上，有一个细节，只有我注意到了。车到 43 公里碑处，父亲从昏厥中醒了，他挥了挥手，示意车停下。河对面的山畔上有一座天然石人，栩栩如生。这是父亲给我讲过的地方，当年的小路从石像下经过，他们在这里歇息、打尖。这一刻，他一定感应到了什么，到底是什么呢？

二〇一五年六月二十六日，父亲走完了他在这个世界摇摆如风中草棄的一生。前一天，老弟为他最后一次理了发。白发如雪纷落，掩盖了此后我所有的星辰。

二〇一六年冬天，在北京金盏乡皮村，在四处漏风的员工宿舍，在一张木板床上，我写下了一首诗。那是对他唯一的献祭：

身下是平整的木板

头顶上方也是　它们让我又一次

嗅到了你的气息　淡淡　悠长的松油味

父亲　我们已远　像戌时到辰时

中间隔着漫漫长夜

而一块床板打通阴阳

这里是北京

你一辈子向往的皇城

这里是皮村

其实你来过并且住了一生

这里的人都是拆洗日子的人

人间日月　因为这样的劳动弥久　常新

我们都是赌命的人

不同的是你选择了木头　而我

选择了更坚硬的石头

你雪一样的刨花和锯末

我铁一样的石块和尘屑

铺在各自的路上是那样分明

这一年你住在山上

而我几乎走遍千江万水

其实人的奔波不过是

黑发追赶白发的过程

我们想想

有什么不是徒劳呢

作为徒劳者　奔跑在徒劳的事物中间

努力而认真

二〇一九年六月二十六日父亲四周年忌日

不说再见

大半生里，我们有过不少于一百场离别，但从不说再见。

我们初见于饥饿的童年，那时村子正处于我们所经历过的岁月中唯一的鼎盛期，有六十来口人，到了夏天，庄稼铺排得无边无沿。打麦场上，你跟着一群孩子绕着麦堆疯癫，扎一对小辫，穿一件碎花小衫。那一天，天热得凶狠，知了的叫声在树上连成了长调，和大人们密集的连枷声纠缠在一起。

我和一群大孩子放学回来，站在场边看着你们疯。疯是童年唯一的快乐。一群差不多年龄的孩子里，你个头最小，但最灵巧，像一只燕子，总是超越前面的人。突然，脚下一滑，你摔倒了，膝盖磕破了皮。我把你从地上牵起来，我看见你眼里闪过一串倔强的泪花，你揪了一下我头发，转身往家里跑去。我知道你家在另一个垭口，你一定是第一次见我。那一年，你五岁。那一刻，我们还不懂得说再见。

二〇〇〇年，儿子一岁。打工成为时代的主调，村里的劳力们近水楼台，都去秦岭金矿打工了。这一年，我们用尽了所有的力气，也仅仅是吃饱肚子。孩子的奶粉钱成为每天的燃眉之急。

一天黄昏时分，接到同学口信：在西秦岭金矿某坑口有一个架子车工的缺口。你为我收拾了行李，那时峡河还没有通客车，要连夜赶往工人集结地。寒冬腊月，天地落下一场新雪。我们各打一把手电，一路无语。你走在前面，在雪地上蹚出一串新痕。雪落下来，又快速将它们掩埋。

在深雪盈尺的山口，我回过头，周围的树木因为背负了大雪显得更加庄重。一个身影站在原地，依旧亮着手电，目送另一个人翻越垭口。天地苍远，谁也没有说出那一声再见。两只手电光柱长长地静静地在空中交织着。

二〇一五年四月十五日，十三朝古都西安槐花似锦。在西安交通大学第一附属医院，小巧的护士长拿着册子通知说："今天手术，现在给患者洗一洗澡。"

洗手间也是浴室，有一面长方镜子在墙上。淋浴的龙头很无力，细水淅沥。你在我头上身上打了肥皂，手势缓慢而有力。这是一双拿捏了三十年锄柄的手，数不清的日子和生活，被它们抓住，又从指缝漏走了。一个女人最美的青春被这双手撒在了阴晴圆缺的风尘里，被风吹尽了。在镜子里，我看见你一脸凝重，你像对待一件器物，一丝不苟，不放过任何一点隐蔽的地方，最后，你又打了一遍香皂。

时间到了，我拿着自己的资料袋，走向一道白色的门。门内，人影匆匆，左右各有一条长廊，长得仿佛没有尽头。我知道，这里通向重生，也通向死亡；通向希望，也通向失望。

门无声关上了，那一瞬，我转过身，向门外所有的人摆了摆手，他们不认识我，但我知道他们会为我祝福。

此去山高水长，路途迢远，我不知道能不能回来，但我知道一定有一个人，在那道门外飘啊飘，像一道细小炊烟。

昨天夜里，你打来电话，说老房子要被拆了，你说你用手机拍下了一百张照片，作为纪念，也作为道别。高塬，峡河岸上最小的村庄，一个仅有二百来年人居记录的村子，即将从烟火的版图上消失了。从此天涯路断，我们将没有故乡也没有故居了。

命运里，对于事物，对于亲人，对于过去与将来，我们从不说再见，意识里，再见，有时预示着不见。放下电话时，我们都没有再说一句话，我们没有离别，故相见永在。至于正灰飞烟灭的三分故园，相见更是必然，不过那将是时间的另一面。

不说再见！

二〇一九年十一月一日

苏　里/摄

我的阅读简史

一九九一年冬天，世界落满了大雪。我说的世界，是从商洛山到长白山广袤的交通沿线。

腊月初一，我带着一千二百元路费赶往当年座山雕耀武扬威的那个林海雪原城市桦甸，与初恋女友相见。在洛阳火车站，我看见一列列火车鸣着笛，拉着巨大的松树原木从远方驶来，原木上面蒙着薄薄的雪，远远看着，像蒙了一层破污的白床单。我听旁边的人说，这是从大兴安岭运来的，做轨道枕木用。那一天，洛阳有风，寒冷，上空也飘洒着零星的雪花，状若落樱，未落下来就化了。我想象中原的雪与东北的雪质地的区别，想象东北的寒冷。在火车站广场前的小市场，我买了一件仿皮夹克，顺带又在旁边的书摊买了本《百年孤独》，准备打发长途的寂寞和寒冷。其时，我并不知道这本书已经征服了世界，买它，完全是鬼使神差偶然无意。

从洛阳到吉林，加上北京沈阳两处的转乘，历时整整五天五夜。沿途大雪茫茫飘落，我缩身在硬座一角，把这本据说是魔幻现实主义文学的最高代表作的书通读了一遍。《百年孤独》讲述了布恩迪亚家族七代人的兴衰传奇，马孔多小镇百年的风云变幻。让我惊异的不是马尔克斯而是译者，他怎么能做到将完全相异的语种，置换成这么流畅、磅礴的中文？《百年孤独》已不是一本小说，在我二十一岁的青春世界它是一道窗口，它打开了一条通往远方的通道。通道那边那个异质的世界充满了异质的迷幻、传奇、生死、爱恨、迷茫……人的生命是孤独的，孤独地来到这个世界，然后孤独地死去，漫长又短暂，充满了非逻辑性。人与人之间密密联系，又如此疏离遥远。

当我从水银泻地般的语言和天马行空的故事里抽离出来，最终要到达的城市终于到了。满眼是坚硬寒彻的雪。一个矮矮的穿着驼毛大衣的女孩在站口等候已久。我依然在故事带来的震颤里不能自己。这是我第一次读完一部长篇小说，且是当今世界最伟大的作品。我是幸运的。

从上世纪九十年代初到二〇〇〇年间，我生活的农村世界封闭而沉默，两省三县夹角地带的山乡是一个独立隔离的世界。因为通道狭窄，国门洞开涌入的思想、文化与文学热潮离这里还十分遥远。这时候，我开始写诗。阅读的资源仅有村里订阅的《陕西日报》《陕西人口报》等，好在这些报纸的副刊上总开辟有文学诗歌园地。

我为什么那时候选择了写诗而非别的，充满了缘由又无理由。

总之，生命与行为，是逻辑又非逻辑的。开始我以为它的门槛很低，写到最后，才发现门槛高得入云，并非凭热情和学习可以到达。

我的大伯父终生未娶，他一生似乎活得很无趣，唯一的爱好是读书，似乎读书比一日三餐重要得多。他是一位羊倌，终年赶着生产队的四五十头羊在山上放。羊们在山上啃草或晒太阳，白花花的，他在山头捧一本书，像另外一只羊。他的桐板黑木箱里藏着许多书，大部分是线装那种，《小五义》《巧合奇冤》《打金枝》《毛泽东选集》等等。老家上世纪九十年代才通上电，为省电，家家使用的灯泡都非常小，借着昏黄的灯光，我读完了他的藏书，并写了一本才子佳人题材的古装剧《桃花渡》。随后，是十六年的矿山爆破生涯，漠野天荒，风雨漂荡。是阅读，帮助我打发那些令人窒息的生死岁月。

也是火车上，从西安到喀什（其间在库尔勒转车），也是五天五夜（虽然这时火车已经几次提速，奈何河西走廊与天山山脉太广远了），我读完了《唐山大地震》，钱钢的二十万字报告文学。对于我来说，这是一次真正的心灵的地震。

大地震发生的一九七六年，我还很小，广播里播放了一些消息，那时候脑子里还没有数字概念，我无法想象、还原那样的惨景。大人们在屋外搭了棚子，天天晚上领着我们在外面睡觉，民兵整夜巡逻，除非需要取急用的东西，谁也不敢进屋子停留。可见大灾难对人的震动之深。

《唐山大地震》让我第一次进入那场灾难的场景之中，血腥、哭喊、绝望、不屈与求生，那场惨绝人寰的灾难在书中再现，使往事并不如烟。这是文学的力量，也是文学的功用。可以想见，多年之后，钱钢写这本书时下了多大的功夫和心血。那宏大的架构，细微的细节，具体而精确的数据，汇聚成振聋发聩的力量。可以说，它们对我后来的写作，甚至观察与思考问题的态度、方法，都产生了极大影响，也影响到我的纯诗歌写作。在几乎与世隔绝的叶尔羌河畔的无名矿山上，这本书一直伴着我，也伴着一群心无可用的人。可惜后来离开得匆忙，丢在了工棚里。

在这十几年里，矿山生活生死无状，但我从未停止过读书。矿山荒凉，人渺小无助得像一粒尘埃，书让我从一个世界到另一个世界，度过漫漫长夜。记得在萨尔托海，人烟遥远，信号不通，夜夜大漠星光，长风永不止息。在一个废弃的工房里，墙上贴满了《克拉玛依日报》和《中国黄金生产报》，我每天下班后都会去看几页，后来所有的墙面都读完了，我用脸盆在墙上泼了水，一张张揭下来，再读另一面。

我最感兴趣的，是那些泯而不彰的地方史。"历史的建构是献给无名者的记忆"，那些泯然于时间风尘的人事更应该被记住。二〇〇六年，在南疆的阿图什的街上，我跑遍了所有的书店书摊。我发现书摊的意义要比豪华的书店大得多。

这座汉宣帝神爵二年归入汉朝版图的城市，古老又年轻。三月，大地渐暖，雪山融化，艾孜力河静静奔流。我和几位同伴在这里有二十天的受训和爆破资格考试时间。在此前，我对这座深藏戈壁的城市一无所知。为了了解它，我尽一切时间去淘书，可惜书摊很少。我跑遍了全城和晨昏，虽然纸质收获一鳞半爪，但读懂了博古孜河、诺鲁孜节、秋吾尔、库姆孜等艺术、历史、自然与人文的大书。

二〇一〇年左右，我开始使用手机，随后开通了博客和微博，中断了近十年的写作再次开始。也是从这个时候开始，网络成为我阅读的一个重要渠道，它快捷方便，随手可得。很多人说网络阅读是碎片化的、无效的，这是一种很大的偏见。当你把这些碎片连缀起来，它就是一个巨大丰富的集合体，我们从其中离析、整合、取舍、扬弃，最后的收获更见真卓。

网络为我们打开了无数的世界，我最大的收获之一就是电子书。它是摸不着的，又是最真实的。它包罗万象，宽阔无岸，只要你手里的电子设备一直在。几年时间下来，我的"微信读书"电子书架已满满当当，读过的书大概有《穿越百年中东》《混沌世界》《江城》《温故一九四二》《去海拉尔》《印度受伤的文明》等一百多部。

二〇一五年初夏一场手术让我的颈椎再难如常，很难趴在书桌上去长时间读书了。手机阅读的便捷简单正好补上这个板。我常常躺在床上，手捧手机，左边累了换成右卧姿势，左眼累了换到右眼，特别感兴趣的地方随手复制下来。最便捷的是，两部手机，同时打开两本页面，对照着读。那些重叠的，错误的，用心的，立即可辨。

人为什么要阅读？什么才是阅读的有效作用？似乎有答案，又从来没有过答案。世俗地看，所有的阅读都是无效的，只有个体的生活和命运到了那些逼仄处，与内容产生了对应，那个"效"才会显现出来。有时如春光乍泻，更多的如清风无声。集合起来，所推动影响的就是时代与历史。

世界广大，风景与风雨无边无际，书籍的车马带我们远行，或者回来。

二〇一九年十二月四日

母　亲

母亲今年七十三岁了。

腊月二十七，我从贵州回来，原打算在县城的搬迁房里过年。按乡村乔迁习俗，新居过新年，谓之暖房，寓意未来日月温暖和顺。但新房一无所有，又下着雪，就回老家了。谁想疫情肆虐，一待就待到了现在。

正月初一，天放晴，碧空蓝得不敢认，但阴坡阳坡上的白雪依旧深得埋得住脚。记得去年春天回来时，看见东坡沿山边开满了黄灿灿的连翘花。这个时候，连翘一定风干在枝头了，经过了春夏秋冬风吹雨打的连翘，药性自然是最好的，我打算摘一点，带回贵州自用。在经过邻居张婶家院子时，拐进去坐了一阵子，她说到了我母亲的病。

我害怕说到母亲的病。这世界上，有太多的事我们无能为力，无能为力到了不敢正视。

母亲现在和我弟住在一块，她住了大半辈子的房子秋天时被拆掉了。进门时，房间的铁炉子正冒着柴烟，这是山里人越冬唯一的取暖方法。弟弟的女儿宝仪聪明伶俐，她成为她奶奶这些年最好的依伴。墙上贴满了她一年级至今的奖状，新新旧旧，起落迁转，一位贫家少女的成长履历缩减于一张张卷页。她已经读初中二年级了。

母亲说，最近吃饭总是噎住，有时候喝水也噎。这都在我的预料当中，毕竟，从二〇一二年查出问题到今天已经整八年了。自从有病以来，她一日三餐除了玉米粥就是汤面条，长年如一日的稀薄流食，让身体已极度缺乏营养。她的身体显然再也经不起化疗了，我的意思是，再做一到两次放疗，针对性地杀死具体部位的坏细胞。

我给市里一位朋友打了电话，他的弟弟在市医院肿瘤科做大夫。我又和这位年轻的大夫说了很长时间话，他说，在肿瘤的治疗上，近些年有些新技术和新药，有进口靶向药，但大多只能自己付费，效果也存疑。他说的这些，我信，但我还想做最后一搏，我的卡里还有一万多元钱，这是我一年的稿费。因为大夫初六才上班，我们说好初六见。

我的老家叫塬，一个小到现今只有七八户人家的半山村子。老家所在地属长江流域，峡河水入丹江，汇流汉水，最后泯然于长江千里波涛与沉沙。在葱茏的长江版图上，从来没有听说过一个地方用塬字来命名，塬带有酷烈、苍凉、血性与神秘的色彩，只属于旷荒的北方。可老家与这些相隔甚远，老家又是什么？我找不到一串词定义它，就像无法定义其中的生活与一些人一样，我们并不真正认识自己所寄身的地理。

从确诊那天起，我就笼罩在对母亲疾病的恐惧里。不论是在颠沛的北京，还是相对安稳的贵州，白天还是夜里，听到家里来电，我都会心生惊慌，生出种种猜测。然而母亲，似乎并不把病当回事，春来种瓜，秋来补豆，墙根的柴火拾掇得一摞又一摞，有一段时间，还就着灯泡，给我们一家纳了一摞鞋垫子。

家里有一台手动压面机，三十多年了。一九八九年，峡河发大水，车路尽毁，我和弟弟用一根木棍从七十里外的邻省官坡镇把它抬回来的，路上，抬坏了两根杨木杠子。这些年，齿轮也换了几个。这一个多月里，母亲给我压了三四回面条，每次三四斤，用一只盆端上来。其实流徙半生，我早已没有吃面的习惯了。

我想象着她吃力地摇动着机器的轮子，面条从机器里一寸一寸伸展出来的情景。我想起来这些年自己敲下这些文字的过程：仰卧床头，脖子下再垫一个枕头，一只手托着一只平板电脑，一根中指一笔一笔敲下一串串文字。它们并不行云流水，而是滞涩地冒出来，像羊水破了，又久久难产的胎儿。

母亲年轻时喜欢独自哼曲儿，其中有一段，从旋律到内容都美极了。那曲子里有最好的人，有无尽的悲和喜，有暗无天日的长长时光。她用嗓子把它们掀开，让风和月吹照进来：

你走千里路那也无碍妨

我变成一桑树长在路旁

单等着你来采桑

桑树枝刮破你的衣裳

......

二〇二〇年三月二日

抄稿记

初中二年级的时候，我的字写得已经在班级有些名气了。因此，我常常接到抄稿任务：黑板报文章，老师的教案，学习资料的油印刻板……反正，总有写不完的字。

我就读的初中学校是全镇唯一的中学。那时候还不叫镇，叫区，辖制着五个乡二十多个村。从初一到初三，有一千来名学生。那时候，很多家庭并没有供孩子上中学的条件，很大一部分孩子都辍学了，或在辍学的路上，一些人早早参与了家庭生活和生产劳动。这一千来名学生，是同龄中的幸运者。唯一的学校，自有唯一之处：它青砖结构，白灰勾缝，乌瓦为顶，精致而结实，与远处的农家比较，表现出醒目的讲究之气来。教室整齐地列着三排，教工学生宿舍整齐地列着三排，而操场大得跑一圈要饿掉裤子。

唯一之处，还有它的院墙，土砖垒成，高两米，墙头长满了仙人掌。仙人掌们在季节到来时，会开出黄色或白色的小花，奇香在空中飞翔，又绸子一样挂在草尖上。它的利刺根根指向天空，在太阳下发出利光。院墙根，一排高大的白杨树（据说，它们来自新疆），枝叶密匝，树冠直抵云空。

如此高墙深垒，还是有一阵风从仙人掌的刺尖和白杨的枝叶间吹了进来。它就是文学。那时候，文学是一阵飓风，吹折多少大王旗。

姚老师是初中二年级一班班主任，他调来学校时，我已上初三，本来无缘交集。他写小说，写了一个中篇《大丁子》，一本方格稿纸，五十页，从头到尾改得密密麻麻。他认识我的地理老师。他大约没有时间，字也写得极歪扭，他通过地理老师请我抄写。

小说的内容我至今记得非常清晰：兄弟俩，父母亡故，相依为命，哥哥辍学供弟弟上学，初中、高中、大学，到弟弟有能力可以报答哥哥恩情时，哥哥却离开了这个世界。故事很凄美，细节如历，多少有《人生》的影子，抄得我常常掉下泪水。

初三课程紧，抄稿催得更紧。我个子高，坐在教室最后一排，桌上一摞书，我躲在书后面抄写。抄着抄着，进入了小说情节，想象着也有一位这样的哥哥，供我衣食书费和温暖，供我考上大学；想着有一位美丽善良的城里姑娘爱上我，两人从此走向远方。抄到情深处，止不住叹出声来。

老师以为我遇到了难题，停止了讲课，转到我身后，想帮我一把。我兀自沉浸在故事和想象中奔跑，被捉个现形，没收了稿本，老师要我当堂检讨。我急出一身汗，不是急自己检讨丢人，是急小说稿有去无回，急姚老师被暴露，急大丁子小丁子的故事从此可能无缘出现于文学现场。我信誓旦旦,保证今后再不抄小说稿了。

一周后,我又被捉住了。这次,怎么保证也没有用,我被当堂授予"两面派"的绰号。这个绰号一直伴我读完初中,离开镇中学。那个多雨的夏天,我将它和书包一起丢弃在了中学尽头的路边。

不久,姚老师调走了。我一直不知道,经我手抄写的《大丁子》有没有被发表出来。我没有钱去订阅一份杂志,何况杂志那么多。姚老师很年轻,一副眼镜戴不稳似的,过一会儿,扶一下,过一阵,又扶一下。后来知道,小说内容写的就是他自己,他出身苦寒的乡村。

那时候,这片地理上铺满了美好的文学情结。而后来的时间,为这些情结提供了足够荒诞又严肃的答案。

我现在才知道三毛本名陈平,和我同姓。三十年前,我抄过她的《闹学记》。

一九九〇年的冬天漫长又寒冷,那一年冬天的雪下得异常冗长,从十一月一直下到春节。我坐在我家仅有的一扇玻璃窗后给远方的一个人写信。那封信也异常冗长,整整写了二十天。信的内容是三毛的散文《闹学记》。

远方的人是一位女孩,她住在白山黑水间。她的家乡以盛产桦树林和金矿出名。那一年,她二十岁。

《闹学记》写了一群孩子的学习和生活，打打闹闹，恩恩怨怨。我觉得写的就是我和她。我把它抄写下来，就是让我们在其中相见，这是一纸最好的表白，远胜过一本装订的书。纸是蓝色方格稿纸，纸质细腻，是一位邻居在市电视台做保安时拿回来的电视台专用纸。笔尖落在格子里，像光从木格窗棂上打进来一样柔顺。我不让稿纸上出现一个错字、一个有误的标点，甚至不愿漏掉一个字符，我要让她真切地看到三毛生命里的一段时光和微澜。因为这些微澜也是我们的。我抄写得异常缓慢。

整个冬天，窗外慢条斯理地飘着雪花。太阳有时候出来，映照着它们在空中飞舞。地上的雪，薄下去，又厚起来，如此往复。冬麦青润，大地交由它们宰割。远处的五峰山松涛如怒，把雪花吹送到山那边的异乡。

翌年，我去了她的家。我在洛阳买了件御寒的仿皮夹克，坐火车，五天五夜，到了她的城市。她来火车站，拿着我抄的《闹学记》做接头的信号。天空下着雪，她穿一件驼毛大衣，没戴帽子，头顶一片白雪。

一年后，她来信说，一场大水，家被淹了，书信全没了。最后说，我要结婚了。

二〇一二年，机缘巧合，我路过她的城市，她带女儿来接我。女儿眉清目秀，分明是那年我抄写的一本《闹学记》。时序正是四月，她头顶一缕雪，和那一年的一样白。

世事苍茫，世界仿佛一只魔方，如今，我们再也不用手抄稿了。也再没有人能见到我那时的字，一如没有人能进入另一个人过去的时光。这也包括我自己。

二〇二〇年五月十三日

月　饼

　　上世纪八十年代末，我在一所苦寒的山区中学读高中。这是一所初中与高中混合的学校，初中占两排校舍，高中占两排校舍，各自人数也差不多。那时候，还少有水泥建筑，学校一律泥墙乌瓦，瓦松一排排，错落有致，很好看。小学在一河之隔的另一片山脚下，一座木桥晃悠悠连通。

　　学校的大门正对着弯曲逼窄的街道。到了雨天，到处泥泞不堪，为了省鞋，很多人光着脚，卷着裤腿，走了远路的人，泥浆占领了脚面，像穿着乌色的靴子。学校大门左右各开着一家饭店，左边叫刘记，右边叫周记。听名字，仿佛都是几十年老店似的，其实不是，都没开几年，刘记主人姓刘，周记主人姓周而已。不同处是，刘家是一对新婚不久的夫妇，周家是一对老夫妻。两家卖的饭食也差不多，都是面条和蒸馍，那时候的饭店，没有炒菜一说，最多夏天拌个黄瓜，冬天拌个热萝卜丝。

　　星期天学校不开伙，我离家远，一百二十里，翻两座山，过五道河，不通公路。我至今有走长路脚板疼的毛病，那是冷天蹚冷水河落下的。校食堂关了门，只有在街上买着吃，早上吃馍，就在刘记买，下午吃面条，就去周记。刘记的馍白，我曾无数次看见，小两口蒸好了馍，连笼屉放到一口大锅里，放一点黄黄的东西在锅底，点燃，捂个把小时，馍变得白而透亮。周记的面总会多几片菜叶子，他家门边有一片菜地，一茬茬青菜，随手就是。我每个星期要花三元钱，两元用来在学生灶上买六天的饭票，一元花在星期天在街上吃饭上，有时候有结余，有时候不够。不够时我就饿一整天省回来。

　　周记老两口有一门手艺——打月饼。之所以叫打月饼，是取其形式：月饼由模具敲打而出。中秋前两天，老两口穿戴干净，戴起白帽子，当街摆开长条案子、烤炉，和面，开打。"胡天八月即飞雪"，说的是河西走廊以西的气候，其实放在这里也差不多。到了中秋，水瘦山寒，山上的树，除了松树绿着，其余的，差不多全秃了枝条。孩子们里里外外围着月饼炉子，除了想吃，也为取暖。

　　这里说老夫妻，也是取他们的形貌，其实两人也不老，大约五十岁，那时候日子硬，很多人不耐老。女人揉面，男人打饼。和面，我不记得有什么不同，只记得那面异常白，也软，加了白糖和猪油。打饼就特别有仪式感，月饼的模具像一只棒槌，一头宽一头窄，细而长，手握的那个柄，雕着兽形，是狗是虎，分不清。那饼模子很有些年头了，被时间和手掌浸蚀得红亮。月饼的模坑一大一小，花纹也不同。每按进面团前，要刷一次香油。男人把棒高高举起，在头顶上玩出一圈花样，当一声磕在案上，两只月饼应声成功。待一炉熟了，再放进一炉。月饼的香味，轻而重，像鹅毛，又像弯曲的铁钩。

老夫妻有一个女儿，叫玲。玲比一般女孩子长得快，比同学都高。早操时，她站在最后一排，像狗尾巴草里开着一枝芦花。我读高一时，她读初一，我读高三时，她读初三。学习成绩怎么样，我不知道，我本来也不知道她叫玲，有一次吃饭，她爹喊："玲，给人家端饭。"我才知道。在递过来一碗面时，我看见在她的左手腕间的小指方向，有一个记，像一分钱大小，红红的，胭脂色，美若花瓣。

高中三年，我只吃过一次月饼，那也是我十七岁之前，唯一吃到的一次。那一天，我打了一天篮球，从早上打到下午天色渐晚，身上已没有一分钱。实在顶不住了，去周记赊面。在此之前，我从没赊过账，何况是面，面比馍贵。我不知道，能不能赊到。在学校大门边，我徘徊许久。铁门头上，是一排铁三角，锈蚀而尖利，三角尖上，有一轮月亮。

我赊到了，而且是一大碗带豆腐丝的。

连汤带面，风卷残云。走到街上，看见一轮月亮饱满得像要爆开。我想起来，又是中秋。我听见后面跟来一个人，回头，是玲。她抱着一抱东西。玲长得和我差不多高了，她的头发没有像在校时扎着，而是编成了两根辫子，我看见她眼睛很亮。她说：

"这是我爹送给你的。"是一包月饼，麻纸包裹，扎着十字红绳。

后来，我毕业了，回到了乡下。老家是个封闭的世界，直到两年后，我才第一次到县城。

一年后，听说玲去了深圳。又一年后，听说玲投了南海。

二〇一七年夏天，我来深圳参加一场文学活动，活动结束的那个下午，我一个人到了大海边。人如潮涌，繁华无边。南海是中国三大边缘海之一，据说自然海域面积有 470 万平方公里。它的历史和它的海浪一样深远、辽阔。

大海盛满了人间的秘密，有些秘密正在赶来，有些秘密早已波尽潮散。

二〇二〇年十月三日

第二辑

峡河，峡河

茵　陈

先说我的家乡。

我出生和长大的地方，叫峡河。我记事时，叫峡河公社，后来叫峡河乡，到了一九九七年前后，撤乡并镇，峡河归属并到了桃坪镇，就啥也不叫了，因为在行政区划上，它啥也不是了。像一位为富为宦呼风唤雨的人，风光鲜亮一圈又回到了原本的田垄。但家乡的人，至今还是习惯叫峡河。在某处颇远的街上碰到口音极似的，问，哪里人？答，峡河。那是一定要拉到馆子里吃碗浆水面的。

据家谱载，祖上本籍安徽安庆，因庚子乱，加上年年水患，天灾人祸，没了活路，祖上拖家带口，几生几死，就到了陕西河南交界的这片山坡上。来了，就像一棵树，再也不走了，风吹雨打，一住百余载。如今，树木成林。

我记事起，这地方就穷，在我之前，肯定更穷。我读高中，学校离家远，每星期要交三五元钱饭票。我装好了七个玉米面饼子和一塑料桶酸菜，等母亲给我借钱回来。从日起等到日中，从日中等到日斜，从雪花零星等到满地皆白，有时候等回来一元，有时候等回来五毛，有时候等回两毛，更多时候等回来一脸羞愧和叹息。我揣起一元、五毛、两毛或者叹息，往学校赶。路上过八道河，翻五架山，身上的干粮不敢吃，冷水河里喝十几回水。

山高水野，人都谓这里八山一水一分田。土地广种薄收，鸟兽为害，公粮摊派，几至无收。粮不果腹，就要吃野菜。这地方，秦尾楚首，四季分明，不冷，不缺雨水，倒是适合植物生长。一年四季，地里，坡上，沟沟畔畔都有绿着的生物，一年四季，也就有了粮食的替代品。人类繁衍，草木之德最大。

过完年，差不多粮缸都见了底，土豆，萝卜，五花八门的食物，也吃得差不多了。茵陈这时候冒了出来，像逃命路上滚滚黄尘里过路的车马，捎人们一程。茵陈在家乡不叫茵陈，叫白蒿。也有叫田耐里的，取其耐寒耐旱之意。待到后来年长，历经无数世事，我才知道它是一味药材，才知道它有许多种吃法，才知道漫漫光景里，它救过无数饥和命。

记忆里，茵陈的吃法极为简单：从地里挖回来，洗了土，开水锅里煮一袋烟时辰，去了草腥味，捞出来，拌了盐。家景好点的，滴几滴油，拌点蒜泥，就玉米饼子吃。熬糁汤时，也能下锅同煮，原来清汤寡水的糁汤，加一把晒干的茵陈，立即就黏稠了起来，虽一点不顶饥饿，也能哄小半晌肠胃。茵陈性子好，和谁都合得来，吃了不闹肚子。

二月茵陈五月蒿。到了五月以后，茵陈变柴，长成半人深浅，漫山遍野地摇曳，就不能吃了，只能割回来沤肥，或做引火的薪草。为了便于它保存，人们就发明了茵陈浆水菜。把茵陈煮了，清水里捞三遍，沤在缸里，发酵后，能存放半年不坏，捞着吃着，就接上了新麦。听父亲讲，爷爷好字，生产队里放工回来，总要把工分一笔一笔记在麻纸上，在哪块地里干什么活，有哪些人参加，使什么家伙，晴天阴天，一件一件清清楚楚。一是不荒字，二为凭据。工分不易，掉一分就少一口粮食。豆油灯下，常常没等写完，肚子咕噜发烧，缸里捞一大碗，无盐无醋，大口吃了，管到天明上工。

我读高中时，得了黄疸病，开始时不知道是啥病，熬着，过了一星期，指甲、皮肤都黄了，床上的被子也被染上了颜色，只好请假回家。父亲带到乡上医院，医生看一眼，就说黄疸肝炎，才知道那时候流行这种病，说是上海发病最多，黄浦江都染黄了。开了二百多元钱的中药西药，往回走，路上碰到一位亲戚，我走得快，他们在后面说话。

回到家里，父亲开始每天去地里拔茵陈，给我煎水喝。每天三大碗，从不间断。这是那位亲戚说出的方子。这时候土地里已经开始使用农药，地里的茵陈快被杀绝，他就去荒山上找，找到了欢天喜地，没找到垂头丧气。他放一群牛，牛吃草，他找草，有时候看见牛把茵陈吃到了嘴里，他就一把夺下来。有一头牤牛，年轻，英武，身上像披了黄绸缎子，它脚勤嘴快，每回父亲都要和它打斗几个回合，才夺得下来。就这样，半年过去，我白白嫩嫩地好了。半年里，我每天喝茵陈水，读爷爷留下来的《毛泽东选集》第五卷，也算没有荒废学业。

家乡这地方苦焦，但它的苦焦与很多地方又不同。比如我后来到过的陕北，墚墚峁峁，这里望着那里不见人影，日子单调封闭，人与人十分遥远，有一首信天游正好唱出了这样的景象："羊肚子手巾三道道蓝，咱见面面容易拉话话难。一个在那山上一个在那个沟，咱拉不上那个话话咱招一招手……"这苦焦，是孤独的苦焦。到了甘凉河西走廊，戈壁漫漫，天高地荒，不知身在哪里，活着何由。这种苦焦，是生无可依的苦焦，含着无奈和苍凉。前者尚有欲望，后者只余绝望。而家乡这里，苦焦的成分复杂得多。凡苦焦的地方人都好唱。这大概也是词、曲、诗的由来。父亲一辈子好唱，内容颇杂，前朝古人，生死荣衰，更多的还是眼下衣食。有一首曲子，我至今都不能忘："二月里来哟万木发哎，清水无粮灶火塌，田里扒得菜一篓哎，万般世事都放下。"其音绵长，抑扬婉转，极是凄美，苦涩里有一种对生的不舍。这唱词里的"一篓菜"，就是茵陈。

去年冬天回家，到坟上看父亲，天地苍黄，冷冷清清，只有茵陈点点绿着布满坟头。它毛茸茸的，有的青绿，有的发着粉白。一朵一朵，嫩得叫人心疼。生前寂寞的人，死后也寂寞，唯有一片蒿草相伴风雨与夕阳。或许，一生侍弄草禾的父亲，已化作了茵陈，成为它们的一部分。我拔了一把，放在父亲墓碑前。

父亲坟前无以语，唯有一把茵陈托相思。

二〇一一年十二月十二日

下雪了

老家峡河下雪了。

头天晚上从手机上的天气预报里看到陕南大雪的消息，早晨天还没亮，就从朋友圈里看到了漫野大雪的图片。山山峁峁、沟沟畔畔、地里的冬麦，都被雪覆盖了。看图片，雪仍在下，依这片老天的脾气，以以往的经验，不下个够是不会罢手的。

一千二百多年前，韩愈因佛骨案遭贬谪，由长安赴潮州，有诗《左迁至蓝关示侄孙湘》，其中诗句"云横秦岭家何在？雪拥蓝关马不前"成为后世美传，为一片荒寒苦寂的地域增加无限声名。这蓝关，就是"蓝田日暖玉生烟"中的蓝田县与商洛交界一带，历史上位于连通南方与北方的必由之途。商山自古名利路，南方的学子士人由此往长安求取功名，商贾们经商邑故道追逐天下物利。这商山三百里古道也是一条雨雪之路，追名逐利的浪子一路伴着雨雪冽风，平添了多少深重与沧桑。

我想起上学时光的雪。

奶奶老说，大雪年年有，不在三九在四九。又说，三九四九，冻破石头。少年时的雪，总是寒彻的。

峡河小学一直很小，小到青黄不接的时候，从一年级到六年级只有二三十个学生。为节省师资，就集中到一个教室上课。说上课，也没有上课的严格程式，老师拿一本书，或无书，领一群孩子围炉向火。教室外面经常下着无边无沿的雪。雪大的时候，是斜横的，雪片斜着飞向窗台、树杈、墙缝、行人的袖口衣领里。落雪也是有声的，雪一片片相互追逐，碰撞时，落向树枝时，就有了声音。风搅雪的时候，如失巢的蜂群，声音就特别紧密无序。

麻雀的窝在墙洞里，里面铺着细草和各色鸟毛，越向窝底，草和毛越细柔，茸若棉朵。窝的出口很小，贴紧墙洞的上方，像没有口，风霜雨露对它没办法。对它有办法的只有雪，雪借着风力，九曲十绕地飘舞，觅食的麻雀归来，半窝雪花，开始以为是羽毛，卧下去，冰凉，一阵叽喳乱叫。老师讲着讲着，发现学生们走神，目光齐齐投向窗外——那是他们的另一间课堂，另一门课程。老师就收了书，说，下课吧！

峡河这地方，冬天冷而长，冷到什么程度？屋檐上挂着冰凌，三个月不化。冰凌如倒生的芦尖，会长，有的时候垂挂到地面，影响人的进出。大人操起木棍，哗的一声，一堆碎花，不几天，它又疯长出来。纷飞的雪给它们裹一层绒毛，经风吹，变得晶莹而扎硬，太阳一照，泛着五彩的光华。我长大到十岁，家里一直住着茅草房，檐口上一条条冰凌呈褐色，有的中间贯穿着一节麦草，像一只蚯蚓。我们舔一舌头，苦。

春子和我同岁，上学路上，我们各提一只大火熊熊的火盆。

家里烂得不能再用的洋瓷盆、洋瓷碗，拴上四根或三根铁丝做提手，就成了。家里是没有炭的，到现在很多人都不知煤为何物，更不要说燃了取暖。我们有办法，烧柴。柴是现成的，满山都是。树生老病死全凭天命，路边那些虫蛀的、风吹的、雪压的、刀砍的，都成了我们的烧材。春子有巧劲，他总是把过长的柴火塞进石缝里，用力一压，干透的柴棍就断成了两截。我会举起一块石头，重重地砸着柴火，柴火应声折断或完好无损，石块反弹起来，滚下山坡。火盆烈焰腾腾，没法靠近，有同学帮助，两人用一根长长木棍抬着，一路奔向学校，待到教室，正好成为一盆炭火。那是我们整个冬天的福祉。

我特别喜欢雪花落在火焰上的声音，嗞嗞的，很短，很轻，稍纵即逝。火焰一股股腾起来，去接雪花。雪急时，嗞嗞声一波赶着一波，像一群人，赶着去某个地方赴某个要紧的约会，而那个地方，隔着一条凶猛的大河。

春子不忍雪花成灰，总用身子去罩着火焰，火焰在他圆圆的脑门上、眉毛上燎出一片焦煳的黄迹。

二〇〇六年正月初八，大雪纷纷里，他和一青年邻居坐一辆三轮车离家，去山西临汾一处铁矿打工。从此以后，我再也没见过春子了。

二〇一二年十一月八日

豆　角

我现在住的宿舍，是一栋置换房，就是农民原来的房子或土地被开发商征用，建一片新楼来置换补偿的那种。如今，各地都有这样的新小区。位置无外在郊区甚至更偏僻、商业价值甚微的地方。说是新区、新生活，其实仍有着许多旧痕迹。原本都是农民，断不了和五蔬六菜藕断丝连的撕扯。

我每天出门上班经过的路边，就是一片一片菜地，从门口一直延续到办公室旁边，大者如席，小者如桌，还有仅放一个脸盆的。这些原本是用作绿化带或因开发价值不大而暂时空歇的土地，被见缝插针地种着各式各样的蔬菜。初开春的时候，多是白菜、菠菜，也有去年留在地里的经冬不死的萝卜、油菜。而眼下这个时节，豆角成为一统江山的主角，竹竿为架，麻线为系，一串串，一嘟嘟，那样明绿和乖巧，如初出阁的新人。种这些豆角，一来吃着方便，二来省钱，更多的还是用以打发远离农活的那份念盼和寂苦吧。

豆角，大约是世间最普及的菜品之一了，从东至西，从南到北，有人烟的地方，就有它们的身影。它们不择水肥、阴阳、气温，生长期可以从初夏到秋冬。重阳过去，天地萧瑟，万物凋零，它们还在架头或老玉米秸的顶上开头、长着，仿佛忘了寒冬将至，直至秧架完全枯干。我老家的习惯，掰完了玉米，秸秆杵在地里，不砍，留着让豆蔓攀在顶头继续生长，近冬的嫩豆角经薄霜一激，格外脆嫩。摘着吃着，就接上了雪季。宋人周文璞在《吴中秋日》里也写到过它们："郊原落叶已离离，尚有孤花闯短篱。小醉不成怜病后，苦吟未了说愁时。斗鸡走狗爱丝喜，临水登山宋玉悲。豆角已收无别事，待同野老赴襟期。"可见，在近千年前豆角已广泛种植并已成为园中主角了。

豆角除了作为时令蔬菜鲜食，在干菜里，它也是上上品，且最易保存。我老家的方法是，把吃不完的鲜豆角用大锅煮了，不放盐，不放佐料，控干水分，在竹席上晾晒，一直完全晾干成黑褐色，装在透气的竹筐或编织袋里，放高处保存。豆角不择地，地畔、沟堰、荒坡边都长，摘过一茬又生一茬。旺收的季节，院里场里，铺天盖地晒满了它们。商洛苦寒，无绿季十分漫长，这时候，干豆角就走上了台面，亦饭亦菜。清水泡发了，刀剁或不剁，单炒合炒都可成下饭的菜。最好的吃法是炖土豆，土豆一定要整个的，刮了皮，不切，和干豆角在柴锅慢炖。再放一块腊肉，也要整块的，再放入盐。水要多，从吃过早饭炖到中午，土豆炖到开花，看到细细的土豆的沙瓤，用筷子去夹，夹出筷子印儿，却不破不散。咬一口，土豆里一股豆角的味，还有肉味，三种味拧着麻花，不分开，不打架。最是那汤，穷尽天下词语，无法描述。

一九八四年大雪纷纷的冬天，我端着一钵豆角汤去村卫生院看一个人，小心翼翼地。这是我第一次到医院，那里刷着粉白的墙，水泥地面干净，满屋十分干净的药味儿。她脸色苍白，身上的衣服也白。她是我远房的姨。看见我，她轻轻一笑，那笑，也是白色的。

白瓷的钵尚温，她接过去，努力地喝了一口，又喝一口。我看见她有几颗泪珠慢慢落在汤里，又被她喝了下去。她抬起头，长时间地看着我，末了，用手摸了摸我的耳轮，那手指的温度是冰凉的，但我感觉到了冰凉里的暖，那是冰凌滴落在开春的风里。

每次回家，我都会经过一座山丘，那儿埋着一个人，那人的身体里有一钵我端的豆角汤。

二〇一七年六月十八日

菇　事

　　"口之于味也，有同嗜焉。"意思是说，好吃的东西人们都爱好。

　　如今好吃的东西太多太广，实在数不胜数。对我来说，好吃的东西当中，香菇是吃过年头最长也是最熟悉身世出处的食材。高中毕业，身无可去，在家放了三四年牛。在农村，放牛不算活，顶多算半个劳动。记得生产队大集体时代，有专职的饲养员，但养牛养羊之外，主要的事务还是积粪，一担粪一二厘工分，有粪才有口粮。我那时放牛之外，主要是侍弄香菇，化肥其时已被广泛使用，牛粪显得并不重要了。那时，香菇的人工种植技术像的确良裤子一样兴盛。

　　商洛北山这地方，山生水猛，四季唯一不缺的是雨水，雨水多了，草木就兴盛。一条山路，半年没人走，枝枝丫丫的树木就长得合了缝，刀都砍不开。去年有个剧组到我家乡拍纪录片，要拍一组从远处俯瞰村子的镜头，我们带了电锯，在山顶伐倒三棵树才把村子从镜头前展亮出来。老家山上主打的是青冈、橡栎，而这两种树，正是生产香菇的好材料。

农历十月树叶落而未尽时，是伐树的好时机，早了晚了都会影响树内养分的聚散，都不宜。树茂草寨稀，黄灿灿的树叶落了厚厚一层，跪在树根伐树时，像跪在毯子上，一点都不硌腿脚。手锯拉动，树头的叶子落下来，落了满头满身。青冈和橡栎都非常坚硬，锯拉得快了，吐出的锯末有一股淡淡的酒味，使人微醺。后来知道，它们都是制作葡萄酒桶的好材料，可以增益酒质。而至于香菇的生长为什么只在这两类树种上最好，没有人知道。也有好奇者换了其他树种来种植，要么不生长，要么味道极坏。某年某日在河南灵宝吃到一种用苹果树干种植出来的香菇，其味其色勉强可与之称伯仲。

段木香菇的生产过程其实颇复杂，从接菌种到长出香菇，要历时一年半时间，也有很大的不确定性。比如买来的菌种品质差，或者根本就是假的，像假玉米种子一样，就很少出菇或根本不出。功夫白费不算，还搭进去好大一堆木材，你还无处说苦去。比如疏于管理，没有及时翻垛，耽误了发菌；日照太强，晒死了菌丝，脱尽了树皮，变成一堆柴火。

十几年前，还没有打孔机，八磅锤上钻一个孔，安装一只皮带冲，锤高高扬起，重重落下，就能打出孔来。一节段木上要冲出一百个孔，如此重复，一天下来，我能冲三百节基木，也就是差不多三万个孔。两只膀子酸疼得要掉下来，睡一夜，第二天接着重复这个动作。那时候年轻，能顶得住。青冈和橡栎木质稍有差异：橡栎质硬，为保证菌孔的深度，落锤使力要大一些；青冈质稍弱，但冲头总是拔不出来，需要顺势转动一下锤柄，吱呀一声，冲头就出来了，这就有点影响速度。如果是帮邻居干活，都喜欢橡栎，一天能干出一大堆数量。这个活，最怕的是老而无力，我总是从父亲手里接过锤，他撩起衣襟擦汗，像蒙住突然衰老的羞愧的脸。

香菇和木耳接菌时机很不同，木耳喜干，香菇好湿，香菇就要随打孔随接菌，免生杂菌，影响了发育。其时正是四月天，天澈地绿，风光无限，野桃花、海棠、映山红纷纷扬扬烧到天地相接的云深处。人也充满了精神。一大片女人，红红绿绿叽叽喳喳，小锤在菌孔塞上敲出各式不一的节奏和声律。那时城市打工潮尚未兴起，成群的女孩子从山外涌来，加入接菌队伍中，也有和当地年轻人产生感情、落嫁下来的，从此开始她们生儿育女的生活。

出菇要在开春和深秋时节，夏太热，冬太冷，都不合适。下过一场雨，万物湿透，空气重得要用手去推开，这时候，把菇木从架垛上放下来，排放在湿地上，如果湿度不够，水源方便的，浇几担水。日刺夜激，不几天，花生粒大的菇头就冒出来了。初出的菇头娇气，嫩生生的，顶着一只乌帽，菇帽与柄连在一体，色差把它们区分开来。菇体也有生长快的，也有长得慢的，因品种和湿度气温条件而异。菇头出齐了，要把基木架成方架，才有利于生长和采摘。这个活，妇女和老人干不了，有一句话——放下去容易架起来难，说的就是这个活的沉重和精细。木头重了数倍不说，还得小心压坏了菇头。

最累人的活是采菇和晾晒。那真是没日没夜，晚上要打着马灯抢摘。天不好，水分大时香菇长得疯快，一个钟点和下一个钟点不一样。菇一撑开，影响了形状就不好卖了。撑开的菇晒出来像一只手掌，内黄外褐，叫作大片，卖相就差了许多，卖不上价，只有留着自家吃。外行人不懂，其实品质味道是一样的，大片切成细条，炒辣椒小白菜极美味，夹菜的筷子染一层菇香。如果再放点肉丝，更好吃。商洛这地方，初春和深秋时都少雨，天晴万里，还有燥风，正好晾菇。一大片竹席云一样铺天盖地，一天收水，两天皱形，三四天就装袋了。最怕的是突然下雨，那个疯抢，像马蜂失窝。整个庄子，男女老少，这时没有一个袖手的人。

到现在，香菇依旧是老家乡下的主要经济来源，对很多人家来说，甚至是唯一的。关于它，有无数的故事和记忆，有些饱藏了悲剧成分和味道。贯穿我一生的事物有很多，香菇是重要之一，我从十几岁开始与香菇撕撕扯扯。

我曾专门查过资料，古人写食材与民生命运、人间烟尘的诗甚广，五言，七绝，佳句如海，唯独写香菇的少见，似乎香菇是后来者。其实不是，香菇种植历史很长，不过以前不叫香菇，一直叫香蕈。宋朝人孔平仲有一首五言《常父寄蕈》，写得朦胧，不知道是不是写香菇："此物固已美，采之从历山。蒙兄远相寄，深意在加餐。冷落葙盐地,萧条蓬艾间。书云次越品,宁复昔时欢。"

　　而今,这个后来者,以营养与味道,以新的生产技术正在居上。虽说它依靠种种现代种植方法,产量和品质都无限提升了,但它终是离不了木材或植棵,依旧是原生的民间的。而唯有民间原生之物,才是真正长远的。如那麦秸之色,年年黄过天边。

二〇一七年十月三十一日

叉叉果红了

家乡多野果，以叉叉果最通人意。

峡河是一片两省三县的夹缝地带，不属于伏牛山系，也不属蟒岭系，又似乎与它们都沾着边儿，只有峡河水清清晰晰地随了丹江奔去长江。这么一个地方，最突出的特产就是穷。到今天，路过这里的人，仍禁不住惊叹：噫，这地方适合来讨媳妇！山穷鸟不留，这是生物的法则，也是人的法则，谁都懂得的法则。

说叉叉果最通人意，首先是说他的果期，其次才是味道与模样。山水初绿，季节还满眼荒寂，这时节，叉叉果鲜红欲滴地缀满了沟沟洼洼，一夜之间让日子变得无比富有。因它而富有的不仅是一群孩子，还有大人，数不清的山雀们。

峡河虽然穷，山上却产矿，一种叫云母的工业制造使用的绝缘材料。一九七〇年到二〇〇〇年三十年间，它成为我们村子几乎所有家庭油盐酱醋花销的主要来源。

云母矿所在地叫松树包。一座高耸的山头，千锤百钎之下早被凿成了平地，白花花的石碴铺到半里以外。云母透明性极好，一片云母，可以剥离出千层，直到薄得近于没有。三十年前乡里有家小企业，专门有一群姑娘剥云母，一把钢锯条打磨的薄刀，一个小木方盒，一个快手，一天剥四两。这些剥离出来的成品，若水晶，轻得一喘气就能吹起来。它们被仔细打包，据说运到了福建。

非成品的云母很便宜，最开始，每斤卖五分，三斤能换一包盐。到了二〇〇〇年最末期，每斤卖四五毛，三斤也正好换一包盐。

松树包上长满了叉叉果树，一年年在炸药残末的滋养下，果实格外丰硕。

云母生在石头里，大如鸡蛋，小如甲盖，形如合上的书本，揭开来，是一页页无字天书。打云母是一件十分耗力的事情，不仅要有力气，还得有耐心，从早上打到中午，从中午打到日头落山，砸破石头无数，挖出无数深坑，有时打出五斤，有时打出三斤。饥渴难耐时，就去摘叉叉果。

叉叉果的模样一律艳得能滴下汁来，但味道千差万别。有一种叫"毛叉叉"的果子，浑身长满白白一层毛，味道最差，几乎苦不能咽。最好吃的是一种"大裤衩"，又肥又大，放进嘴里，舌头轻轻一卷就化了，充盈的汁液沿喉壁挂一层薄浆。叉叉果果期很长，可以从三月初摘食到五月，续接上樱桃。

填了饥渴，又接着打云母。一天中常常如此。

二〇一一年春，在甘肃陇南两当县一个叫太阳沟的地方，我也见过它们。

太阳沟是一个寂寞的地方，十几户人家，距两当县城八十公里。据说沿着太阳河直下，可以到陇南徽县，再乘车过凤县可至宝鸡，我查了随身地图册，并没有公路，摸摸身上的钱，终于没敢冒险。

这是一处金矿，按照一条隐隐约约露头矿脉的提示，我们在一座山崖上开凿一个新洞口。朝对面山上看，山势如涛，一波高过一波，据说那云烟如幻的地方，就是秦岭主峰，翻过去是天水。往下看，是一丛一丛的叉叉果树，白花点点，在一片荒苍中，楚楚可怜。洞口爆破下来的石碴，即将对它们完成致命的碾压。

到三月末，洞口掘进到一百五十米，穿过三道矿脉，矿石都没有品位，毫无开采价值。老板倾家荡产，只有作罢。他要回老家新密种核桃树，我们收拾了行李，去往并不远的康县，那里有一场新的工程在等着我们。

为抄近路，我沿着碴坡往下溜。在接近沟底的地方，在快要齐顶的乱石中间，石破天惊地，一片叉叉果立在那里。一颗一颗，鲜艳得要滴落下来。

二〇一八年四月二十一日

桑 葚

　　无缘无故地，突然就想起桑葚了。

　　黑亮的、漫山遍野的、缀满了少年枝头的桑葚。

　　"勤喂猪，懒喂蚕，四十八天见现钱。"不知是谁的主意，也不知道哪一年始，那个叫前坡的荒坡上，布阵一样，就布满了桑树。待我长到十岁，能够独自一个人漫山遍野疯跑，某一天，在前坡，眼前汹涌浩荡的桑林，一下把我惊住了。

　　在此之前，每年的四月至五月，无论阴晴风雨，大人们总是一筐复一筐地从外面背回嫩绿的桑叶来。它们被一阵又一阵撒在蚕架上，一片沙沙声过后，变成了墨绿色的蚕屎，蚕们变得更加白亮。在这些箩筐里的桑叶中间，总有一粒粒桑葚夹在其中，它们有的已经熟透，有的还黑里透红着。未熟透的，有一点硬，也有一点酸；熟透的，黑而软，由无数个黑亮的小粒子组成，每一个颗粒都晶莹欲破，轻轻一压，就流出了汁。汁是浅墨色的，受到一层层桑叶的挤压、长途的颠簸，汁就染在了叶子上。用舌头去舔，甜味里有一股桑叶的涩香。在十岁之前，我最爱做的一件事，就是一遍遍地给蚕宝宝们喂桑叶，虽然我不知道它们来自哪里，为什么总是无穷无尽源源不绝。

不同于李子和梨，吃多了肚子胀，会哇哇吐清水，桑葚可以当饭尽饱吃。桑葚个体有大有小，味道和品质也千差万别。有一种叫"毛毛虫"的，味道最清甜。它细而长，有一点弯曲，周身有一层细细的绒毛，远看，像一排虫子趴在树叶下面。有一种，半身白，半身黑，白的部分没一点光色，那是坏掉了，嚼一下，有一股霉味，不能吃。挑桑葚，有一个窍门，哪棵树的叶子壮硕，它结出的桑葚味道一定不差。还有一个不用嘴巴也能甄别的方法，那就是看哪棵树上黄蜂多，树上的桑葚就是最甜的。黄蜂霸道，性子又烈又凶猛，总是和我们打争夺战。吃饱的黄蜂在空中飞出一条线，线的终点就是它的老巢。趁着雨天，我们抱一堆干蒿，堆在它的巢下点起一把火，火势冲天，蜂们再也不和我们争夺桑葚了。

羊也爱吃桑葚。大伯放一群羊，黑黑白白，豆子一样泼洒在山坡上，我们都数不清。羊嘴刁，树下落了一层，它不吃，它上树，一个跳跃就上了枝丫。桑葚的汁，把羊嘴巴、胡子染上了一层墨，它们到小河沟里喝水，又把潭水染出墨色。羊吃上了瘾，圈门打开，拦也拦不住，直冲前坡，后面的人追都追不上。

老家所处的这片山地的地形，与别的村子很不一样。从对面五峰山上远远地看过来，它像一张皱巴巴的麻纸贴在一面破烂墙上，屋舍、人畜、升腾的声音和炊烟，仿佛几行歪歪扭扭的毛笔字。它们书写日月风雨，又一无内容。山高土薄，就需要广种，才能填饱肚子。在上世纪八十年代至九十年代初，家家都有一群牛，因为，地多得人耕种不过来。

十岁到十三岁，除了完成小学读书的尾期功课，我差不多放了三年牛。和放牛比起来，读书显得次要得多。而草场，总是固定在水草便利的前坡桑林里。上世纪八十年代初，乡里实行土地承包到户，人们可以在很多方面展开手脚，蚕桑就走进了尾声，不几年，就彻底从人们的生活里消逝了。

星期天或放学的下午，我赶着牛，身后带着妹妹，往前坡上去。

从村子到前坡差不多二里路程，小路逼仄、曲折，牛群在前面扭着花步，我和妹妹追着打牛虻。牛虻生命力极强，它们挣扎、张翅飞舞。我们用一根细细的草梗，把捉住的牛虻串成一串。草梗上的牛虻们朝着各自认定的方向乱飞，有时候它们努力的方向一致了，会带着草梗飞向天空。天空瓦蓝瓦蓝，像一匹蓝布，突然，一片乌云飘过来，把它撕碎了。

无蚕可养的桑树成了牛们的美餐。再除了有时成为猪草，除了当柴火，除了被人连根挖起剥桑皮，它们再无用处。为了保卫我们的果食，我和妹妹砍来刺树，一层层把一些桑树围起来。在树干上，我用刀刻上妹妹的名字——毛丫。毛丫有一只麦草编的碗，通身涂了漆树的黑漆，透着光亮，那是她小时候盛饭的专用器皿。她喜欢把桑葚装在碗里，晚上放在枕头边，谁也不给吃。

受到挤压沉淀的桑葚一夜化成黑红色的浆汁，她把它涂在馒头上，那是神仙也想不出来的味道。

一九八六年九月，一个大雨连天的天气里，毛丫被一场大病带走了。那是一种并不要命的病——长期中耳炎引发的脑炎。当时我在一所苦寒的山区中学读高中。那一年，毛丫十三岁。

两年后，刻有毛丫名字的桑树，被人砍倒，主干被做成了四根扁担。那是前坡最后一棵桑树。倒下时，肥美的桑葚落了一地，一村人吃了好几天。

通往峦庄镇的三条岭，高大嵯峨。在下山的公路边，长着一棵桑树，每到桑葚成熟时节，过往的人总会把摩托车停下来去摘食。因为无人管，树枝就特别铺张。手忙不过来，可以直接用嘴摘。

吃够了桑葚的人，把摩托车发动起来，燕子一样飞下了山岭。

二〇一八年四月二十八日

苏 里/摄

峡河旧事

我曾在百度搜索输入我家乡名称"峡河"二字，没有找到关于它的任何信息；也曾询问过有些年纪的人，他们也知之不多。其中有人告诉我，这地方被称作峡河时间不长，就是人民公社那一段时期，距今差不多四十年光景。以前叫祖师庙。再往上追溯，就没有消息了。

关于峡河的稽考凭据没有，好在我有四十多年的见识和闻听。

十棵壮竹

峡河无疑是寂寞的。这首先体现在此两处：一个人物也没有出过，一场战斗也没有打过。如一件黯淡的夹衣，被人不冷不热地披了多少年。早已故去十年的大伯生前给我讲过一段传闻，说一九四几年时，毗邻的河南卢氏县官坡镇有一股刀客，不抢民，不扰官家，不绑票劫舍，专接为人出头的私活。比如某某家族欺男霸女，欺人太甚，人家朝中有人，没办法，这帮匪人，可以替被欺一方出头，收拾他们。比如某人物与某人物结下生死的梁子，

102

钱摆不平，要用到刀枪。玩命的生意，当然是要收费的。

说兴隆镇上有家姓阮的，兄弟五人，有做县长的，有做到陕西省参议的，在镇上建一座大院，墙高三丈，家兵三百，街上铺子有他家一半，山上的树，沟里的地，差不多都姓阮。三条岭东边的桃坪保有位姓陶的保长，也是有家兵的。两家总是明争暗斗，互不服气。有一天，陶保长去县里开会，回来的路上莫名吃了黑枪，只有所骑的大白马回来报了信。陶家怀疑是阮家干的，官司打到省府，不能赢。陶家一气之下，要倾家荡产报血恨。

接了杀人大单的刀客曾三次到阮家侦探，发现深门重锁，家兵凶恶，不是容易得手的，最后决定夜取。可夜间高垒重闭，坚壁难越，怎么得手？他们想出了一个办法，从二十里外的峡河砍了十根大竹，竹高三丈，粗细如膀。那夜，月黑风高，他们将十根竹竿撑靠在外墙上，顺竿而入，刀劈枪击，杀了阮门十八口。据说那位领头的大当家，是个麻子，一手一只短枪，双脚如履平地踏着竹节就上了墙头。阮家剩下来没被杀掉的，发现是竹竿做了敌人帮凶，查到竹竿自峡河来，一怒之下，带人烧了竹园。十亩竹园大火三日不息，烟腾百里，惊动了远近百姓和山中鸟兽。这可能是峡河百年里，因了竹子而出名最大的一次。据说刀客做了这一票就投了南阳内乡县的保安司令，后来在西峡口战役中与日本人死拼，那一战，打得惨，刀客们大多战死，最终打退了鬼子，守住了县城。"铁打的潼关穿通过，纸糊的西峡打不破"，说的就是这个故事。

峡河这片竹园至今还在，年年怒勃冲天。我读小学、中学，来去都从旁边经过，有时夏天进去纳凉，叶繁蔽日，潮湿阴森，有时会碰到一条青蛇，有时落一头鸟屎。

猎事

我记事时，峡河就叫峡河人民公社，三个村，两千人口，是县辖编制最小的公社。一位书记，两位社长，五位部门干事，叫八大员。那时间，村里红白事，吃八大碗，菜端上来，人们哄抢着喊着："八大员、八大员齐啦！"有时候，八大员中的某一员两员也混在其中吃喝，那时候人肚子饿，上面和下面也不生分。

公社书记姓陈，陈书记是丹凤县城人，操一口难懂的异语，我们叫侉子腔。其当时的语言地位，相当于现在的普通话，是很牛气的。乡下人去县城看个病，办个事，不学侉子腔，人瞧不起，啥也办不成。丹凤这地方很怪，两千米海拔的猿岭是一道分界线，东蛮西侉，不独语言不同，行为处事方式也各异。那时候，有一半时间里，干部们都在村里混，名为工作，其实是混饭。干部们也穷，每月只有一二十元工资，家里大部分都拖着口。

这里说说陈书记的故事。当然是听说来的。陈书记当过兵，爱枪，喜打猎。那时候枪像家家捅火棍一样普遍，野物们也没现

104

在这样金贵。那年头的冬天也爱下雪，劈头盖脸的大雪一场接着一场。树木们落光了叶子，山山岭岭尽是白色。白雪是野物们的大忌，让它们无处遁迹遁形。但另一方面，却帮了猎手们的忙，远远地看到白里一点跑动的黑，定了标尺，叭一枪，就撂倒了。

陈书记当然不屑去干驱窝撵仗那喊破嗓子累坏双腿的活，他穿一件黄军大衣，在某个垭口坐仗，当猎物们仓皇窜来时，叭一枪。枪声翻山越岭，家里的人听见了，一阵欢喜：晚上有肉吃了！无论是几十斤的黄羊，还是数百斤的野猪，陈书记都懒得去抬。他背着枪，在前面开路，如果猎物实在太沉，人手不够，陈书记会叭叭叭三发空枪，山下的人立即带上绳子向那里急进，那是他独有的号令。

不过，也不是人人都能坐仗的，得枪法好，更得胆壮。野猪来了，不慌，得十拿九稳地撂倒。赶仗的人翻遍了十座山，捅了无数窝，撵出一只野猪来，不容易。有一回，一只老猪向垭口奔来，陈书记的762半自动步枪扣了一火又一火，不响。这回碰上了臭子儿，卡膛了。野猪近在十步，不容多想，陈书记端起刺刀向野猪捅去。开弓的箭过山的猪，对手张着血盆大口迎了上来。刺刀扎进了猪脖子，野猪大吼一声一个猛摆头，刀断在了肉里。陈书记扔下枪就逃，野猪带着刀紧追身后，人哪里有野猪的速度？书记围着一棵树绕圈，雪地上人脚猪痕绕成一团毛线。赶仗的人赶到时，野猪正撕扯下书记肥大结实的军裤。赶到的人给了它一枪。

峡河这地方猎物多，打也打不完。人烟稀疏，沟大谷深，外面的大风吹不进来，里面的地气散不出去，是动物们避冬的天堂。在周围百里八乡都没饭吃的日月，峡河人经常吃到肉，所以，一直流传这样的顺口溜：要娶媳去官坡，想吃肉到峡河。一岭之隔的邻省卢氏官坡出美女，也是一绝。峡河人至今还有打猎的情结，前些年政府开始收枪，一路下来，很多人都因拒缴犯事了。我的邻居，喂着五条巨犬，百斤的野猪根本不用人动手。每年打的粮食，春天未到就被狗们吃得亮了仓底，全家一直乐此不疲。

拦河造地

二十世纪九十年代末，中央发出号召：再造一个山川秀美的西北地区。这秀美谁来造？当然是人来造。有力出力，没力出钱，十八岁至六十岁的劳力，每人每年不少于八十个出勤工。

峡河不缺树木花草飞鸟走虫，那就造耕地，逢丘削皮，逢河拦堤。

三月是个好时节，冰雪消融，万物开化，最是那梨花桃花，开成了疯癫。峡河经过一冬的蓄锐，重新变得激荡。它一路莺歌燕舞，载悲载欣，只知所来，不知所终。有说奔去了武汉，而长江史从未有过它的点滴记载。

我们用了一个月时间，建起了一条大坝，坝长千米，把峡河河床占领了一半，把河水逼向了一边。余下的工作，是给坝内乱石滩涂填土，庄稼不长无土之地。我们用炸药把一条伸出的山丘炸塌了一半，把土一架子车一架子车运往坝地。挖到三丈深处，这天，挖到了一座古屋。古屋呈土木茅草结构，看来是被突然发生的山体滑坡埋葬的。屋里有一张床，床上两具骸骨，似乎当时正在休息。灶前也有一人，坐状，身下一只木墩。灶洞有炭有柴，显然当时正在做饭。后来挖出一口箱子，乌黑难辨木质。刮去表层腐蚀，是椿木。有锁，锁已锈死。村支书用锄刃嗵地砸开，箱子空空唯余一物——绸纱包裹里一沓麻纸。翻开首页，有一行字：庚子八月安庆怀宁管门四十八口。再翻至最末，再无一字。

现在，这个地方，成为省政府挂牌督防的地质滑坡灾害点。一块巨大的白铁皮牌子，隐在蒿草树影中间，有走夜路的陌生人，抬头会猛然看到星月的惨白反光。

在峡河左岸的一片平缓山坡上，我度过了童年、少年、断断续续的青中年时光。漂泊，是我们对命运的一种寻找，我们总是以为它一定在某个最好的地方，那里四季平安，可以放下和拿起心里所愿。可我们走到天边，也找不到。

二〇一六年初春，我又一次离开老家。在北京，我写下了一首诗——《峡河》。这一定是它见于文字的第一首诗，但不知道是不是最后一首？

那天我从老家去北京
走完一段陡坡来到峡河岸边
头顶大雪纷飞山河皆白
旧得不成样子的物事
因为一场大雪变得崭新

那一刻突然想起
我已离家多年
站在河岸的人早已徒有其名
流水带来的人烟都被流水带走
只有芦苇白白的头
年年如旧

在河对岸
小学三年级放学路上
我为百日咳的妹妹偷过三颗桃子
后来我走了她留在了向南的风里
那年她十三岁

转身离开时

落在峡河上的雪

更加厚了

二〇一九年五月五日

峡河，峡河

好多年里，我的一个愿望一直不得实现，就是写一写老家。一来是穷乡僻壤，不毛之地，不要说出过什么人物，狗也没出过几只会咬的；二是在外面浪荡了半辈子，于这片地方已是游魂野鬼，我不认得几个人，大约也没几个人还记得我了，我不清楚这里的事，这里的人也不知道我的事。总之，实在是没啥人事可写，也没有时间去写。年轻时读《三国演义》，记得"诸葛亮骂死王朗"一段里有这样一句："皓首匹夫，苍髯老贼！"当时想，能活到皓首也是要靠运气的，也不是容易的事情。某天早晨把镜剃须时，对面赫然站立着一个老贼。三十功名尘与土，真的快到入土馒头的年纪了呢。而这土馒头还能安放到哪里去？

峡河向东四十里是河南卢氏县境，向西八九十里到丹凤县城。北面是陕西的洛南，朝南行百十里是商南，那里是真正的秦尾楚首。峡河就不伦不类地夹在两省四县的缝隙里。地理上我一直弄不清它属秦岭山脉还是伏牛山脉，大概归谁都不太错也不太对。虽归丹凤县辖制，这地方的许多事物跟它并没太多的交集，记忆里，峡河人一直是翻山越岭去卢氏的官坡镇赶集，卖能卖的，买想买的。峡河人都不大会说县城话，但说河南话都是可以乱真的。丹凤县城得地理便利，水旱码头，九省通衢，县城的居民一直都是很骄傲自恋的。有一位邻居，把个水葱一样的女儿嫁给城里一个半傻子，每到年关老两口拉一把架子车，装满猪肉、白炭、豆腐、粉条，看望女婿一家，回来时拉着空车子，上面是一把蒜苗，重三斤四两。

峡河人的语言发音非常怪异，我现在到了外面，不敢说家乡话，不是难听，实在是没人能懂。有一年在天安门广场照相，那时候才流行彩照，乡下还没有。照完了相要填一个信封，写上某省某市某县某乡某人收。排在我前面的是两位姑娘，她们悄悄说话时，发音竟和我家乡的一模一样，开始以为是他乡碰到了故人，看她们填写地址竟是安徽省安庆市怀宁县。哦，原来我们祖上是怀宁的！

倒不是峡河人不愿接受新事物，拒绝学习，才使得语言和日子代代如旧，实在是太闭塞了。到现在，要问大家美国总统是谁，大都能说出名字；要问县长是谁，知道的没有几个。县长不常来这里，美国总统虽不管大家吃喝，电视里经常出现，就都记得了。峡河人什么年月从怀宁来的？怎么来的？为什么来的？没有一个人说得清。有说是年年遭水患，吃不上饭，讨荒来的；有说是参加了大刀会，被官家追杀，逃命来的。也可能都对，也可能都不对，反正祖上不是这儿的原住民。

峡河这地方，要说文化，也有，那就是唱歌，一种九曲十八绕颤颤悠悠的孝歌，唱给死人和活人听的。人死了，活人围着黑木棺材，锣鼓喧天，三日不息。前朝逸事，今日善恶，天上地下，牛鬼蛇神，都能唱。比如有一段唱词叫《文王访贤》的：

开口就唱石榴花，文王访贤姜子牙。

太公渭水垂钓钩，专等明主到钩下。

……

我死之后不用埋，给我打副铁棺材。

四个角上四个环，把我吊在木兰殿。

哪方王子来造反，你把大头朝哪边。

你访我八百单八日，我保你八百单八年。

这个典故是《封神演义》里没有的，也可能有《封神演义》这本书之前早有了它。它远比小说传奇又传神。历史一直有着两种版本，一个是书本上的，一个是民间口头说唱里的。说不上谁比谁更靠谱。

还有一种叫《莲花灯》的关于亡人地府行的唱词，讲亡魂从离开阳间，过十大关卡，见十大阎君，最后投胎成人或骡马畜生。饶是吓人：

亡人转身到五门，五门是个恶狗村。

五条恶狗把着门，眼睛圆圆似铜铃。

牙齿尖尖如铜钉，亡人一见颤惊惊。

怀里掏出打狗饼，缓缓放到地埃尘。

人死后，穿衣时，一定要往怀里揣上七个缠了头发的生面饼，为啥是生面饼子又缠着头发？生面饼难吃，加上缠着头发，那恶狗就咽得慢，亡人就有了脱身的时间了。

这孝歌的唱腔和唱词是从哪里流传来的？谁也说不清。因为是孝堂上唱的，就有些晦气，一般地方不能乱唱。在没人家的野山上砍柴打石头追猎，可以唱几嗓子，山风一刮，传得五沟七峁都是，格外凄凉。有一年，我们一村几十人到南疆塔什库尔干的一座山上干矿山，住在石洞里，三月不见一棵绿草和工资，音讯不通，不知人间是哪年。有一回，一边打着麻将，就有人唱起来了：

人活世上有啥好？

说声死了就死了。

纵有万贯金和银，

两脚一伸都扔了。

一个唱，都唱了起来，后来，都哭了，把麻将子儿扔下了山崖。

峡河被称作峡河，当然是因为山高沟狭。我七八岁记事时，是没有公路的，窄窄的一条沟，全是水和乱石的世界，它想走哪儿就走哪儿，谁也挡不住。人没有办法，嘴上喊着人定胜天，可都知道水的厉害。路年年修，河水年年毁，此消彼长，你死我活，斗到现在，当然是人暂时赢了，有了水泥路。

修峡官公路时我已十八岁，高中毕业了，正是骄阳初上的好年纪。我有个表亲在县公路局当工程师，他的家住在沟顶上，距卢氏的官坡镇只有不到二十里，几辈人都在那边有亲戚，打通两地的路成了他一辈子的心愿。终于争取到一点资金，全乡几百口劳力背起粮菜铺盖就上了马。

工程指挥部就扎在表亲家的西厢房，姓刘的书记做了总指挥。他原是军人转业，在甘肃敦煌干了二十几年军工，喂猪，站岗，修国防工程，一直做到营长。他立下规定，早五点吃饭，六点上工，晚八点收工，谁若是晚上了或是早下了，要罚站、游街。人多，住得分散，为了统一行动，就专门派了一个人按点吹号，吹号的人没有工程任务，每天有三个八两的馒头和一军壶白糖水。吹号的人每天爬到一个高高的山顶上，五点吹起床号，晚八点吹熄灯号，中午放炮时，吹冲锋号。号声嘹亮，号令如山，一条白云绕涧似的公路，在号声和钎锤叮当声里，一天天就快建成。

世上好多事，不怕开头，就怕尾声，就像不怕一万，就怕万一。这天，邻村的三个年轻人晚上偷偷回家了，有的说回家拿粮菜，有的说回家会老婆了，反正是上工晚点了。记得有一个孩子姓林，眉清目秀像个女孩子，那眼神看人，像含着水又像含着雾，初中没念就回了家当顶梁柱了。刘书记发了脾气，命令武装部长率五个民兵，把三个人反剪了双手，脖子上挂上纸牌子，游行示众以儆效尤。游到中午，押解的人也累了，把三人绑在没人的一棵柳树下，就回去吃饭去了。一声冲锋号响，万千石炮齐发，武装部长几人才想起三个年轻人还绑在树下，可一切都晚了。结果是两死一伤。死的人乡政府赔了棺板，伤的人少了一条胳膊，吃了几十年救济，一直吃到前年和秋天同尽。

现在全国不论到哪里，哪怕是极偏远的乡野，屋舍基本是清一色的楼房了，一层，两层，三层四层都平常不奇，但峡河至今还都是土木结构的房子。黄土和成稠泥，在一个木模子里压成四方砖块，晒干了，一层层垒起来；山上砍来木头，做梁做檩，抹了泥，铺上瓦，一桩屋子就成了。人住进去，能管几代。铺瓦，在峡河叫洒瓦，瓦片像雨点一样洒下去，极形象。这是乡村最庄重的事情。一栋房，前坡后坡，加起来有三百多平方米，用到瓦要两三万片，必须一天完工，完不了工，不吉利。算得上浩大又紧张的工程。通常是这一天要动用几个生产队的劳力，男女老少都用得上，分工也极明细，有一个总管，夹着烟分派活路：几个人和泥，几个人挑水，几个人打杂，多少人在房上洒瓦、拉泥、

115

铺板，多少人在厨房主厨、帮厨。洒瓦进程的快慢，主要取决于拉泥人，泥上得及时，不耽搁，瓦齐刷刷地铺上去，又顺又直溜，就快。大哥家新房洒瓦那会儿，我还没有开始去矿山，单手能提百斤，两脚扣在屋檐上，一根长竹竿在手，下面能挂多快的泥包，我就能拉多快。到檐口时，竹竿画一个优美弧线，泥就到了铺板人手里，下面就是一片叫好声。要说出名，这是我在老家最出人头地的一次。几年之后，我就沦身于矿石与炮声之中，偶有归乡，也已是一躯残败之身了。

父亲是木匠，脚踩百家门头，一辈子为人造房置宅，算得受人敬重的人物。他有一位伙计，姓侯，南阳人，在家乡县剧团拉二胡，并不识谱，一张弓弦能拉出风霜雨雪人间百味，后来不知道为什么事，跑了出来，收了一位寡妇，从此算是峡河人了。能拉二胡的人心灵手巧，到了这里，二胡没了用武之地，他就跟着人学木匠，几年下来，就成了高手。侯师傅最拿手的活计是雕花，床头上、橱架上雕富贵牡丹、桃园三结义这些。后来不时兴打家具了，他就给人新屋梁上雕龙刻凤。这是极危险的活，新房梁架起来，推刨打磨得白而光，一根草绳勒住屁股和腰际，离地面高有三丈，他如一颗大蜘蛛，凿刀飞舞，张牙舞爪，不消半晌，一龙一凤就飞舞呈祥了起来。人的生死大约都有定数，第一百家龙凤图雕成的那一刻，他像一颗断丝的蜘蛛从高高的屋梁上落了下来，表皮没有一点伤，就去了。父亲在去年大雨不绝的六月里也去了，无福之人六月死，虽然比伙计多活了十多年，在床上躺了四年多，注定也是无福的。不知道两个老搭档在另一个世界会不会再次联手？

一九九〇年人口普查，峡河乡有人口 2079 人。

二〇一〇年人口普查，峡河人口 1444 人。

现在，就不知道了。

二〇一九年十一月三日

村居现状忧思录

一

我老家所在的峡河人口不足两千，但面积却不容小看。从峡河最顶头陕豫分界的西界岭头沿溪往下走，到最末尾的汪坪河口组，如果选择步行，需要差不多一天时间。它曲曲折折坑坑洼洼的长度有三十五公里，而宽度，处处不等，窄的地方，南山到北山，随便喊一嗓子，对方能听出你是谁。如果用一只百足虫来形容峡河的形貌格局，那就最直观恰当不过了，那腿足的部分是沟沟壑壑的岔子，深浅宽窄不同，都一律归附主脊部分的峡河统领。峡河虽然越来越干涸了，冬季时，有时仅剩遍地乱石芦苇的河床，成为一个让人联想的名词，但到了雨季，还有着不小的气派，洪水浩浩荡荡，入武关，归丹江，最后泯然于长江的千里沉沙与波涛。

火柴盒子似的村居就散散落落分布在岔子口，有十户一片的，有三五户的，更多的是独户而居。不是他们嫌吵，图清静，实在是可做宅基的地方有限，更因为可供耕种的土地太少，总不能扛着家什跑十里八里路去种庄稼吧。

现在的峡河村委会设在不上不下的大坪组，这是一片河流冲击留下的相对开阔些的小三角洲，所谓的经济文化和信息人口中心。如果开个什么会，那些住在两头的媳妇老人们要走小半天。虽然一条公路跑贯始终，但没有公交车。摩托车虽然普及率很高，他们多数不会骑，只有到了每年的春节时间，读书的孩子和打工的男人回来才把车子发动一阵子。好在近几年会也少了，有个什么事，领导在群里发一条通知，大家都知道了，该怎么执行就怎么执行，该怎么规避就怎么规避。

我在外面打工稀稀疏疏有二十年时间了，按老家人的看法，算是外面的人了，但每年总要回来几次，住一阵子。一些时间是因为外面活路不景气，挣不到钱，干不下去；一些时间是因为身体病了，或顶不住压力了。最主要的还是，在外面的世界，并无一片真正属于自己的容身地。所以对于家乡纷纷扰扰的物与事、生死离合，依然如亲历，了如指掌。有时候晚上睡在床上，闭上窗外的喧嚣，禁不住把这片世界，把这片土地上的人事风尘，电影一样从记忆里翻播一遍又一遍。

老家最触动人神经的是村居，就是那些泥墙乌瓦的一栋栋房子。它们散兵游丁一样杵在峡河两岸，杵在我记忆与感官的每一个晨昏，它们见证着一方岁月生活的丰歉，也见证着一个人的忧乐。

二十世纪九十年代是峡河大变革的黄金时期，我现在居住的三间大瓦房就修建于一九九四年。那个时段，南下打工潮虽然已波及乡村世界的山山野野，但对地处两省三县夹角地带的峡河冲击并不大。山上林木资源丰富，而粗放式产出的木耳、香菇市场价钱出奇好，湖北、河南的商贩开着车上门收购，土地生产之余的劳动收获远比出门打工丰饶得多。也是那时候，一座座大瓦房在峡河两岸竖起来，它们粉墙明窗，宽畅舒展，而镇街上，还是一排低矮的石头屋脚。

世界仿佛一只魔方，二十多年过去，领跑本地一方经济的峡河早已风光不再，而象征着滋润生活的大瓦房们，已被四邻八乡的一栋栋高楼挤压得无力喘息。奇异的是，二十多年了，它们几乎从无改变，仿佛一棵老树，生苔了，停长了。每次从外面回来，夹路相迎的是它们，破落垂败，让人的目光避无可避。

是这儿的人们不再勤劳？是人们的生活日益不堪吗？是风起云涌的时代变化停步在山门之外吗？不是的。像当下我们目力所见的所有兴盛或败亡的事物一样，这是宏观的、微观的，内部的、外部的，看见与看不见的，数不清的因素作用的结果。村居的式微，并不是一个简单的现象，它是复杂因果的映射。

二

智忠是我矿山打工岁月里近二十年的伙伴，我们同行去内蒙

120

古，上新疆，下广东，山南水北，漠野关塞，很少分开过。三四年不见，春节时见到他，差点没认出来。他告诉我，他得了风湿病。他把双手伸给我看，十指肿胀弯曲，关节严重变形，由于涂了什么药水，有一股冲鼻的气味。

因为孩子那天要回来，我是来向他借摩托车去镇上接孩子的。摩托车在他家的偏房里放着，上面盖着拆开的纸箱子，纸箱上厚厚一层灰土，上面的商品图案已经有些模糊。他说他不能骑车了，车子一年多没有动过了。上一回，还是他儿子小冬骑的，油箱的油还满着。

我说，小冬二十多了吧？智忠说，过了年，就整三十了。

他帮我推着车子出来，小门有些窄，车子双把手偏躲门框好几次才推出来。下台阶时，房檐上突然掉下一片瓦，砸在摩托车的钢制后货架上，碎成了多片，吓人一跳。

时间还早，他搬来了两只木凳，我俩就坐在院子里说闲话。他的女人，在厨房里做午饭，案板上咚咚乱响，在擀面。他们要我吃了中午饭再上街去。

智忠就一个孩子，初中读完，就出去打工了，打了两年，因为没有技术，工作难找，就又上了技校，上了三年，又开始打工。小冬读技校那几年，是他家最紧张的时期，在矿山，智忠总是加班，过节也不休息，把抽了十几年的烟都戒了。

我抬头看看刚才落瓦的檐口，大豁小口的，参差不齐，显然不是第一次落瓦了。檐口上的木头，已经被长期的雨水沤烂了，起黏合作用的黄泥露了出来。而旁边另外两家的檐口情况也差不多。

我说，房子该翻盖了。智忠叹口气，说，怎么翻盖？小冬的事始终定不下来，万一将来孩子在外面入了别人的门，或者对象要求在外边买房，翻盖就白白花钱耗力了。家里就这点钱，顾了东顾不了西，先将就住着吧。

仔细想想，也是，在农村，许多家庭面对的都是这种情况。孩子或打工，或读大学，或参军，外不成，里不就，家里的老宅子，翻修也不是，不修也不是，就这样耗着，等着，一年又一年过去了。

有运气不好的，一场病，一场事，积攒多年的钱一下花掉了，房子照旧，希望成灰。而在外打拼的儿女们，更加进退维艰。这样的情况也不在少数。好在因为烂房或危房成为贫困户，政府可纳入扶贫对象。

说着话，饭熟了，面端上桌，是浆水面。酸菜的浆水上一层碧绿的葱花，色香诱人。

三

这些年，在偏僻的农村世界，要说最大的事，就是移民搬迁的事，政府为此倾注了最大的心力。

先是从最穷的、条件最艰苦的地方搬，从不通电、不通路、不通自来水的三不通地界搬，这种叫生态搬迁。这些地方搬得差不多了，就开始把公路沿线那些居住条件危险的贫困户纳入对象。以目下的趋势看，随着山区生活生产条件的恶化和扶贫规模的提高，搬迁的力度越来越大。

搬迁时间和扶贫节点不同，搬迁补偿的政策也不同。前些年，物价不高，政策是只要你愿意搬迁，迁入地方不限，按人口每人补助八千到一万元，有眼光的搬到了县城、西安，有的搬到了外省。那时候外边的房价不高，县城一千多一平方米，省城三四千一平方米，每人八千元补助，已算很大的支持力度了。

这几年，县城和镇上建立了移民搬迁安置点，统一的房型结构，统一的帮扶政策，搬迁者只需要象征性缴一点购买费用。我想，这里面也有保护本地人口的考量。

但被纳入搬迁对象，毕竟是需要条件的。虽然搬迁力度在年年加大，条件在放宽，但什么时候搬迁的机会降临到自己头上，也是没准的事。大家都在观望着，老房子也就慢慢荒芜着。

也有不愿搬迁的，其中的原因更为复杂难言。

二〇一九年二月九日，即农历正月初五，下了几天的小雪终于停了下来，峡河上下一片银白，阳光照着，分外刺目。落光了叶子的青冈树顶着一头琼枝玉条，仿佛城市里人工造的玉树琼花景观。让人不敢相信眼前的真实。

农村的习惯，只有过了正月初五人才会出门办事，破五破五，仿佛只有过了初五，一些事情才会迎刃破解。往日早六点发往县城的城乡小巴车中午十二点才迟迟到来。由于公路背阴的地方积雪很厚，山道多弯，车不敢大胆开，车轮上挂着铁链，显得更加颠簸。

大表哥和我讲了一路，他是去县城装修新房子的。是政府扶贫的搬迁房，镇里催了又催，已经躲避不过去了。

他老家的房子位置有些偏，从房后翻过去，就是河南省卢氏县官坡镇。现在两地也通简易水泥路了，而在十五六年前，我们从灵宝金矿打工回家，常常背着一包脏透的工装和被褥，翻爬茅草丛生的小路。

他说他一直处在矛盾苦恼里，城里有了房子，虽然只有五六十平方米，也是高兴的事，但按照搬迁政策，家里的老宅是要被拆掉还林的。因为当初是按照生态搬迁政策被纳入的，签了义务协议的。

我懂得他的忧虑，虽说有些另类，这也是一部分被搬迁户的忧疑：家里的房子被拆了，就意味着再无回归的可能，而接下来必须直面一系列生存生活问题。毕竟在柴方水便的熟而又熟的世界里生活了大半辈子，突然置身陌生环境，柴米油盐生死病痛的压力用什么来承担面对？

县城到了。满大街的高楼宽巷挡不住四来的寒风。他一再邀请我去看看他的新房子，看怎么装修又好看又省钱，但我没有时间。在商贸街口的小饭馆里，我请他吃了刀削面。

挥挥手，我去办事，他向安置搬迁房方向走去。那地方距离县城还有三公里，他舍不得打车。表哥已近六十了，秃了顶，一口浓重的小地方俚语，要他融入县城生活和人群，显然是有难度的。也唯愿政策执行得能缓慢一些，使他在那山林之中把这一生过完，但，那又是与发展相悖的。

二〇一九年十二月二十日

塬的二〇一九

塬是峡河边上最小的村子，也是七十里夹岸唯一带有塬字称谓的村子，远远望去却也好看：一张极不成形的饼摊在半山腰上，上宽下窄，左右也不对称，房屋、人畜、东零西碎的树木与炊烟，就是点缀其上的黑白芝麻与褶皱。

塬的人烟史非常清晰而简单，据家谱记载：光绪三年，淮河发大水，有一群人流离失所，携儿拖女千里流徙，到了这片三县两省的夹角地方，来了，就驻扎了下来，不走了。从来没有出过大人物，也没出过大事件，平平淡淡一百多年过去。

这就是我的老家。

二〇一九年我在贵州打工，这一年异常忙碌，匆匆忙忙里总共回家了两次。这两次，无论对于老家和我个人，都值得记上一笔。

三月里的一天，接到妻子电话，说村子被纳入生态移民搬迁项目，要每家户主签字。我从遵义乘上火车，匆匆往家赶。对于村子和每个家庭来说，这是一次难得的机会，也许是唯一的机会：终于要离开山旮旯，跻身现代城镇生活了。

塬在一九九〇年才通上电，一九九一年才有了简易车路。即便是称为车路，也只是能通体量很小的拖拉机、摩托车这些，外边来收购山货的人，只能靠小三轮一趟趟地转运买下的货物。这是他们最叫苦的时候，也是大家最不甘心的时候，转运的成本自然就加在了货物里，每斤就便宜了五毛一块的。偏偏村里人家的最大收入来源就是天麻、香菇、木耳这些，一季算下来，就比山外种植的人家少入了成百上千。

随着国家城镇化政策力度的加大，偏远村庄移民搬迁成为一个永言不衰的话题。塬一直处在政策的档内档外之间：说偏远吧，确实偏远，离最近的小学也有四公里，上镇里赶次集，来回要花一天时间；说生存条件太差吧，似乎也不是，至少通着水电和公路。过春节时，大家还一直在讨论这件事，踌躇无措。

桃花梨花开满了塬头塬垴，春色无涯。田里正在下种，早玉米和春蔬开播了。镇里最近的移民安置点有四十里远，"庄稼不种十里远"，大家都知道，这也许是最后一茬庄稼了，家家耕耘得格外用心。

我给门前的桃树疏了花，又剪了枝，浇了水，希望它结一季最大最甜的果子。三年前把它从后坡上移栽过来时，它还不到一米高，孱弱得像个女孩子。

我们给房上补插了新瓦，我身体重，会踩坏了原本的瓦片，就在地上负责递瓦，爱人身轻，她负责插补。她赤着脚，在房坡上来来回回，如抚慰一件器物。新瓦补上去，碎了的瓦片丢下来。

从结婚至今，我们在这坡房檐下生活了快二十二年了。即便是从此离开，我们还是希望它存在得更久一些，不能被一季季的雨水冲塌了。哪怕是仅仅作为一个回望，一份留念。

在搬迁协议上签了字，我匆匆告别。来回前后共五天。

十月三日，这是一个值得永远记住的日子：按照政府搬迁进程要求，家家迁入新居。

地里庄稼已经收尽，玉米只剩下空空的秸秆在田里交出最后的荣光，树木们正落下叶子。塬，似乎也知道自己已完成百余年的使命，这一刻，变得安静无比，在苍黄的天空下庄重、肃穆，又似乎正往它来时的地方走。

家家雇了三轮车，一趟趟往山下转运大件。男人的摩托车上捆绑了被子、衣物、大大小小的口袋，女人们抱着锅碗瓢盆。在山下，它们将被装上大车，运到新的家。

塬的二〇一九，是一个时代荒远山乡世界的变迁缩影，是无数事件里细小又深重的一件。对于无数故土难离的人来说，这是一场伤心的别离；而对于不容商量的现代化进程，这是不是一次卸载重负的上路和前行，谁也没有把握。

二〇一九年十二月三十一日

寒彻下的乡村年景

一月二十日早上，我从贵州遵义乘上车回商洛老家过年。与往年不同的是，最低价的慢火车竟一点也不拥挤，硬卧车厢一路都有空位。车轮铿锵，换乘接续，二十一日下午就赶到了乡下老家。

许久不见，老家的一切并没有多大变化。前几天下过一场大雪，阴坡山上茫茫皆白，阳坡的雪化得七零八落，白一片，黄一片，化过雪的地方泥泞不堪，没化的雪正好用来蹭脚上的泥垢。记忆里，老家的年差不多年年都是这样的景致。

村里一部分人搬到了镇上的扶贫搬迁房里，乔迁新禧，他们要在那里过年，享受新生活的便捷。小村本来就人少，这样一来就显得更加冷清。好在村子有提前贴对联的习惯，家家红联盈门，有的贴了窗花，有的挂了灯笼。红色与喜气冲淡了寒冷与凋敝，年轻人的归来与鲜衣怒马的快乐增添了年关的生气。

正吃晚饭，手机响了一声，过年时节，无用信息比牛毛都多，实在懒得去看。过了一会儿，还是忍不住打开了，是村委会发来的：

各位村民大家新年好。为了你和家人的健康，抗击新型冠状病毒肺炎，按镇党委要求，于今天中午十二点封路。请来本村走亲访友的人，赶快开车返回。请各位村民也不要走亲访友，打麻将，红白事绝对不准待客。请大家相互告知。谢谢大家配合！！！

　　通知下面是几张封路的图片，戴着口罩、穿着巡逻服的工作人员在忙碌。其中几个人我认识，是村干部和村医。

　　关于新型冠状病毒的信息，网络上早已铺天盖地，有人感染，更有人死亡，巨大的致命威胁让人们惶恐不安。我突然想起来，在火车上已有人戴着口罩，更多的人沉默相坐，那会儿疫情的阴影已四散。

　　今年注定不会有一个快乐祥和的春节。

　　网络时代，人手一个手机，接下来的时间里，所有的资讯都与新冠肺炎疫情有关，疑似者、感染者、重症者、死亡者分分钟都在增长。村干部骑着摩托车，一家家问询回乡过年的人们的路线、车型，一一记录在案。村子被突然的不安笼罩。

　　今天是正月初三。早晨起来开了门，眼前天地茫茫皆白，有的地方是雪，有的地方是冻霜。所有人都还没有起床，村子静得掉一片树叶也能听见，院里水龙头淅淅沥沥滴着水滴，下面的水桶早已满了。流水不寒，这是自来水防冻的有效方法。我从山墙下的柴堆上抱了一抱劈柴，随手抓了一把引火用的豆秆，铁炉子很快生起了火，一股青烟从伸出窗户的烟囱管一头喷涌而出，飘向灰蒙蒙的天空。

天终于晴了，天地如新。一缕初阳从云层里探出来，它强大的光芒从山尖上照射到四野，光芒干净凛冽。村子渐渐有了人声，各家房顶升腾起炊烟，孩子们点燃炮仗。

我打算去山下的小商店买几袋盐。年前什么都买齐了，独独忘了盐。小商店所在地是行政村的地理与经济中心，小学校、村卫生所都在这里。小型超市早已开了门，橱窗满满应有尽有。让人感到，山村虽地处偏隅，许多方面却已经与世界没有距离。我买了五袋盐，又买了一包糖果。

回来的路上，在朝阳的金光里我突然看到了这样一幕：旷大的天空下，一头黄牛拉着一架木犁在坡地上翻耕，一个人在后面扶犁追赶着。褐色的泥土被犁铧翻起，它们散开、碎裂，在寒风里激流滚滚，铺排成一条泥土的河流。扶犁人在风中一丝不苟，他偶尔吆喝一声，更多时候是沉默，手上并不用鞭子，牛、犁、人，早已浑然成一体。他淡定、从容，仿佛这个世界上什么也没有发生，仿佛世界上只有耕地这一件事情。按节气，这还不到春耕的时间啊。

我突然感到无比安定、踏实。是呀，世界云翻雨覆，日子的铧犁哪里有过停顿！

二〇二〇年一月二十七日

捡栗子

八月半，捡栗子。

老家峡河的山上，除了橡子树、松树，最多的就是栗子树了。一片片，一丛丛，漫山遍野，独成体系。栗子树花期晚，要到夏天才开，漫山那个白，真像一片浮云。而到了农历八月半，漫山的栗蓬炸开来，一阵风吹，栗子像冰雹一样落下来。栗子分两种，野生的与家生的，家生的就是人工嫁接的，因为不值钱，又费功夫，量就少，主要还是野生的。

栗子是山里人家庭收入的主要来源之一，到了深秋后，它是一年最后的指望，家家孩子的秋冬学费就靠它。"过了九九重阳节，不是风来就是雪"，待第一场雪落下来，山寒水瘦，只能猫冬了。外出的人，中秋一到，只要不是事缠住了身子，都要赶回来捡栗子。

栗子树虽然多，但家门口并没有，要到几里外的山上捡。好在我家就在山上，近水楼台，总是能比别人早到一步。

每天早起第一步，准备干粮。这时常常天还没亮，家家烟囱蹿起白烟，如果谁家没烟，那就是这家人这天有别的事了，不能上山了。所谓干粮，就是这一天山上要吃的馍和要喝的水。馍有烙的锅盔，有摊的饼——有卷大葱的饼，也有什么也不放的纯面饼。喝的水就更五花八门，茶水、白水等等，白糖水居多，那东西涨力气。

树多草稀，一点不假。栗子树下很少生草，倒是满地脚印，人的，野猪的，毛鼠的，獾的。野物们比人更能早起，待人到了树下，夜里掉下来的栗子早被吃光了，这时候，就要上树敲打。爱人比我能爬树，她个小精瘦，像一只毛猴，三下两下就上到了树顶，但她力气小，撼不动大树，大树就由我来征服。

还有一个办法可以让栗子落下来，那就是用石头撞击树干，但树下却常常没有石头，因为一年一年的取用，树下的石头早没了。这时候，要到很远的地方找过来。石头大了不行，举不动；小了，如隔靴搔痒，没作用。石头举过头顶，吮一声扔击到树干上，栗子哗一声落下来，一同落下来的还有栗蓬，如果落在人头上，立时起一个包，疼得掉出眼泪。

栗蓬的刺非常尖利，无论你怎么样小心翼翼，指头总是要被扎进好多刺。所以上山时，要带一口针，把扎了的刺挑出来。如果挑不出来，只能留待晚上回家处理了，抹上柴油，火烧火燎疼一夜，早晨起来，挤一下就出来了。

山上栗子树多，捡的人更多，捡栗子的人像"扫荡"的队伍，一会儿就是一面坡，你若没有规划，就永远只能在后面跑。凡上山前，没有谁不做好一天的规划，就看谁更有战略眼光了。运气好的，一天能捡百十斤，不好的，只能捡二三十斤。每斤卖一元钱。

捡栗子也是极危险的活，年年都有从树上摔下来的。每一张钞票，得来都不容易。

记得有一年，栗子开炸得早，树也结得繁。离中秋还有几天，早上七点多，我和爱人背着干粮袋往山上爬。这天我们的计划是去龟盖山上捡，那儿山高树密，离得远，去的人不多。这时候我接到两个电话：第一个是儿子打来的，说学校要资料钱，一百八十元，我从微信里给他转过去了；第二个是钟子老婆打来的，说钟子从栗子树上摔了下来，让赶紧过去帮忙。

我们到的时候，钟子还清醒着，耳孔里有血渗出来，滴落在草上，已经有些凝固，别处没有伤，显然是头先着了地。帮忙的人也到了，七八个人把钟子抬到了公路边，叫了车，把钟子拉到镇医院去了。钟子老婆把干粮袋挎在身上，大家让她扔了算了，她说，到医院也得买饭吃呢！她大概是第一次坐面包车，有些兴奋，有些紧张。面包车扬起一股尘，转个弯，立刻就不见了。

留下的人，围在一块，吃了干粮，喝了水，又上山捡栗子。

二〇二〇年六月二十八日

134

秋雨记

八点半起来，把头伸到窗外，街道上一片水渍。那些低洼的地方，积了雨水，倒映着灰沉沉的天空和跑动的孩子。摩托车呼啸而过，他们要去国道以西的早市上买菜，而那里的菜也没便宜多少，以白菜为例，和这里当街小摊的差价也就每斤五分或一毛。

这雨，稀稀疏疏下了十来天了，地皮还没来得及干，又落一场。丹江一反半年的干涸，变得匆忙。前天，一位北京来的纪录片导演说："比起你们这里的阴雨，北京的霾还是可以忍受的。"

我没有早起的习惯，这毛病是十多年矿山生活养成的。矿山工作没日没夜，很少能到点睡觉，也就很少能正点起床。再说，不毛之地，荒寒苦冷，不是风就是雨，即便是难得的晴天，那太阳也是怪怪的，要么躲在山后，要么劈头盖脸泼下来，眼睛习惯久了洞里的黑暗，被扎得不敢睁开。

昨天傍晚去发快递，去时天还好，回来时出了街头还没上国道，大雨落了下来。我只穿了一件背心加薄衫外套，从商贸街口到家有十公里，我把摩托车开到了七十迈。主要的一段路是著名的 312 国道，它的东端和西端我都到过。大雨中，车水马龙，人急灯疾。

现在，我一个人住在县城。最大的好处是这里有网，我现在也是个一天没网不能活的人。其次是这里随时能吃到饭，点一下开关水就开了，饭就熟了；而在乡下，即便是晴天，干柴旺火，一顿饭也要一个多小时。

洗了脸，刷了牙，开始做饭。那场颈椎手术虽然过去了五年，脖子依然会经常疼，问过医生，都说这是没有办法的事。几年来，我已养成了习惯，抱着平板电脑靠在枕头上敲字。下楼买馍时，看到一位邻居从乡下骑摩托车上来，浑身湿透。我们现在居住的小区是移民安置新区，百分之八十的住户来自乡下。一百多年前，先人们从安庆、黄陂、九江、汉口，沿水路或旱路千里奔波来到这片土地上，插草为界，垒土为居，谁也没想到，时隔百余年，子孙又动荡一次。漂泊与时间无关，它有宿命的特性。

在门房边，邻居停了下来，他说："你不用买菜了，我带了很多。"从老家到这儿有七十公里，他一路雨中骑行，嘴唇有些发紫。我也经常两地跑，知道那份累。小排量车，路弯且急，不能太快，沿途还要躲查车的人，到下车时，身子都是僵的。他给了我两棵白菜，十几个土豆。

那一年，也是这样的秋雨，妹妹那时十三岁。十三岁被称作花季，但她没有花，只有病，她患的是一种叫乳突炎的病，从幼年起一直不愈的中耳炎发展过来的。在乡政府旁边一间废弃的房

136

子里，她躺在一张床上，父母围在身边，束手无策。她的双耳流着稀黏的脓水，头疼得一阵清醒一阵迷糊。有一种药，叫盘尼西林，是消炎的特效药，但当时乡医院没有，要到上面医院去买。那时候乡里没有通县城的车，只有一辆拖拉机，有货要拉时才跑一次。我后来查过资料，其实它就是青霉素。一星期后，我接到电话，从学校赶回来，妹妹已到了另一个世界。在入殓时，我抱起她的头，她有一条长长的乌黑的辫子，这条辫子留了十三年，有她身子的一半长。

炒着菜，我接到一个电话，看号码，有些陌生，是塔吉克斯坦那边打来的。近十年，中国矿山不景气，树倒猢狲散，我的同行们有的去了非洲，有的去了印尼，有的去了西亚，有些到了我不知道的地方。有三位工友去了塔吉克斯坦的苦盏地区。那里有一个规模巨大的矿区，铅锌矿，有工人一万多人。他们都在那边做爆破。

他问我过得怎么样，我说过得还行。他说："我快回来了。"我突然想起来，这位姓汪的工友出国快三年了。时间真是个奇妙的东西，有些东西因它而消散，有些因它而永在。

我打开手机，翻到相册，那里有许多照片，其中有一张：在秦岭二架岭，夕阳无涯，秋草黄过了一面坡又一面坡，其中夹杂着只有高寒山区才有的繁艳的山花；我们五六个人，眯着眼睛，笑得灿烂。那时是二〇一二年。

我想象着多少年后，某一天，我们再聚首，那时候，我们都老了，光头或花发。时光在每个身体里倒流，青春和话语像打开的密封袋，那一刻，我们每一个都还在，和杜甫那年的欣喜一模一样："主称会面难，一举累十觞。十觞亦不醉，感子故意长。"

　　雨停了一阵，又下起来了。雨过之后，头一茬薄霜就该降落了。

二〇二〇年十月五日

枣树记

　　发小冬生家门前有一棵枣树。他搬到县郊后，有一天给我打电话，说，你把这棵枣树移到你家门旁栽了，别让它在那儿荒死了，可惜。

　　这是一棵大枣，结圆球形果子。果子乒乓球似的，成熟了半红半白，红白的界线模糊不清，像两国交兵，血染了一地，但肉很不紧实，不脆。初中学了物理后，知道那是分子密度小，与品种有关。咬一口，却奇甜无比，经过一场霜雨，叶子全落光了，果子红艳艳晃在空中，更甜。枣树是冬生他爹栽的。有一年他去潼关矿上打工，打了两个月工，没有打出矿，老板跑了路，他也只好跑路。他背着一床旧被子，跑到半山，饿得不行，见一片枣林，结满了枣，林子后面一排要塌不塌的窑洞，似乎没有主人。他不管不顾吃了个饱，最后，顺手拔了两棵小树回来。

　　两棵小树，活了一棵。到枣树结枣时，我和冬生都上了初中。初中在镇上，离家三十里。那时候，整个塬上的地坎边都长满了枣树，到了秋天，枝繁果茂，但只有冬生家的枣最大最好看，像士兵里的将军。我们去上学，除了带一桶用以就饭的酸菜，还有一兜枣。睡到半夜，我们起来吃枣，没枣的孩子，骨碌着眼睛到天亮，有时候也会伸手："哥，给我一颗枣！"冬生就递一颗给他。吃了枣，大家又睡，一直睡到早操铃响。

枣树长得慢，到冬生初中毕业，树才长到小碗粗，但顶上的枝丫无遮无拦，恨不得全世界都是它的地盘。有一年冬天，生产队烧砖瓦窑，烧到一半，天降大雪，雪从山顶铺下来，像布了天罗地网，所有的路都没有了，断了窑柴。没有办法，窑不能停火，停了，就是一窑土疙瘩。队长下令砍枣树当窑柴，从前塬往后塬砍，砍到冬生家的枣树时，老两口抱着树死活不让下手。队长说，砖瓦烧不熟，你家负责。冬生他爹说，我负不了责，要砍你把我砍了。树到底没砍成。冬生家的枣树从此成了塬上唯一的枣树，队长后来有时候也伸手摘两颗，边吃边感叹，真亏了当时手软！

一九九四年秋天，峡河大水，水有多大，没有人能描绘得出来，只记得大雨下了三天三夜。第一天，大家被困在屋里，啥也做不了，就围成一堆打扑克。第二天，人们依旧还是打扑克，但心思都没在扑克上，而集中在各家田地的庄稼上。庄稼们被水淹了半截，影子在水里打晃。第三天，没有一个人打扑克了，大家纷纷趴在窗户上、门框上往外望，心里下的雨比天上的雨还密。对面山上，树枝们、石头们往下滚，一块石头，凑巧滚在了拦牛回圈的李老八脚上。

李老八在床上躺了一个月，失血过多，没力气行动。村里医生开出药方：红糖炖大枣。小药房没有红枣，各家各户也没有，就是有，哪里有那么大的量，最后，还是冬生家一树大枣派上了用场。红糖炖大枣，有一种特殊的味道，那味道像苦，又不像苦，像甜，又不像甜，像二者的合体，又合得不甘不愿，总之，没法描述。

一九九九年，我开始矿山打工，山南水北，四海为家。同年，冬生一家搬去县城，在城郊一块地皮上，建了房子。从此，我们再也没有见过面，也没有彼此的消息。去年冬天，冬生早已远居咸阳的叔父给我打来电话，说冬生在建筑工地出事了，地点就在我现在居住的小区。

至于那棵大枣树，我后来好像见过，又好像再也没见过。它如果活着，大约早被荒草掩盖；如果死了，也该被砍作柴火了，又或者做了别的家什。我记得父亲的木工器具里，有一只红枣木刨，经常和板材接触的一面，细腻得像玛瑙，可以映见人影，哪怕长时间不用，用手一抹依然光亮如镜。这镜面最后映过父亲六十三岁的脸。树生树死，都是平常不过的事，就像人的生死荣辱。我只是心里惋惜，世上再也没有这么好吃的大枣了。

关于冬生，我至今还记得一个细节。那是冬生家搬走的前一年，有一天，我去他家喝酒，酒已摆上桌，大概是想着来客还得一阵子到，冬生的爱人拉着丈夫的手，坐在火盆边，给冬生唱歌。那歌虽是缠绵的曲子，却含着苦味儿，是孝歌的底色：

我知道你这一走去得不远，

从峡河到商州又到西安。

我知道你平时有个习惯，

爱喝酒爱抽烟家常便饭。

想喝酒自己买莫要省钱，

想抽烟你随便莫要戒烟。

你累了喝点酒身体康健，

你纳闷了抽支烟解解心烦。

你挣回多少钱我也不管，

只要你对我好苦也是甜呐哈。

二〇二一年十一月七日

142

第三辑

荞花雪白

怎不忆敦煌

从西安站坐绿皮火车，过天水，经兰州，穿彻茫茫河西走廊，两天两夜，就到敦煌了。

敦煌的东面是酒泉，北面是柳园，距离号称"天下第一雄关"的嘉峪关只有两个小时车程。敦煌的声名要比嘉峪关更大，这不仅因为莫高窟、月牙泉、阳关这些地理名胜，以及人烟生息、战争史的源远流长，大概也要归功于它特殊地理物候造就的甜美果蔬。李广杏便是其一。

那一年去马鬃山打工，转腾月余，身上盘缠花尽，进无路，退无计，流落到敦煌打零工，在一个叫杨家桥的地方，住了月余。

正是炎炎六月末，瓜果将熟，腥臊的空气里夹杂着果香。行李卷弃在了矿山的工棚里，前路未卜，行李沉重，带着也不方便。一只挎包，一身短裤短袖，一只塑料水杯，挨家挨户地寻找用工人家。西阳将沉，肚饥口焦时，终于寻觅到了一家。开门的是一个老汉，清瘦，身后一条老狗，也清瘦。进了门，抬头看到墙上香火轴上一行字：李氏堂上宗祖。知道姓李，我叫他李大哥。

大哥的女儿在兰州坐月子，大哥的妻子去伺候，家里剩下大哥一个人。单门独户,十亩杏子尽熟,急得他成了热灶上的蚂蚁。我的到来,使大哥如将溺的人突然见到了救命的浮板。

杏园在半坡半山的塬上。在敦煌的边地,遍布的是这种丘陵。园里,十亩艳金,真是好大的气派。西北少雨,光照充裕,昼火夜冰,成就了瓜果独特的美艳香甜。李广杏大约与汉名将李广有关,与某场或荣或辱的战事有关,又兴许根本无关。它个儿大,成熟的果体表层仿佛镀过一层金铂。内部暴烈的清香拼力突破,皮壳毫厘不让。力与力的较量,使它饱满,浑圆,激情涌荡,仿佛一腔扯天撕地的长调锁于弦板。

白天,我们开着突突的三轮车到果园采摘,晚上通腿而睡。他瘦小,又怕挤了我,尽力缩向靠墙的一边。我半夜醒来,看他安静无息,在床一角,像一个苍老的婴儿。墙壁上贴着各个时期的报纸,重重叠叠,内容繁芜,串起来,就是一部现代文化史。李广杏美名在外,自然有人到家里收购,供不应求。每天都有一沓红红绿绿的收入,我们真是高兴。

我是第五天生病的,且是一病不起。早晨醒来,感到浑身酸痛,头痛,嗓子发不出声音,我知道是感冒了。勉强吃了一个馍,几口白菜汤,坐到三轮车斗,突然一阵眩晕,再也支持不住了。

李大哥白天开车去园子摘杏,时不时要赶回来为我倒水递药做饭。园子离家很远,土路颠簸,杏子娇贵,车子急不得,又不能不急。每次大哥回屋,都是一脸汗一身土。三轮车烟筒与机身连接处，有一颗螺丝掉了，裂了个口，没有燃尽的油烟窜出来。李大哥有时穿着浅色的裤子，烟在他半个屁股上印上怪异的补丁图，有时是一只螃蟹，有时是一只眼睛。眼睛如生，充满神采。

数起来，那该是我矿山生涯的第十个年头，十年间，我单身孤马到过山西、河北、内蒙古、辽宁、新疆、广东。边荒不毛，饥饱无常，每天风里雨里，在机器巨大的噪音、炸药爆破的震荡里挣扎，身体早已尽毁。这次的病倒，并非偶然，心里身里早有预感，不能预感的是这一关能不能挨得过去。一天中午醒来，大汗淋淋中我突然想到，如果这回死了，就埋在大哥的杏园里吧，命如尘土的人，也算得归其所。

沙漠边上胡杨林下有一味药材，叫锁阳，用李大哥的话，能治体衰力竭。在当地人心里，这是一味神奇到神秘的药材，只是非常难寻。眼下早过了采收季节，他开着三轮，到处问到处找。牧羊的，打猎的，采药的，流浪的，他不知问过多少人，终于找到了一只，像一节风干的小萝卜。他把它在开水里煮了，我每天一杯甘草汤，一杯锁阳茶。后来知道，锁阳本是一味强体固本的药材，本与感冒没多大治益关系。我能缓过来，也算歪打正着吧。

待到病愈，已是六月尽头，园子里的杏已经采摘得所剩无几。这年杏结得繁，价也好，一个难得的丰收年景。

嫂子从兰州回来了，杀了一只公鸡，煲了汤，为我补身子。滚滚热汤上漂一层枸杞，枸杞鲜红，饱满，它们进入肠胃、血管，化成股股气脉，唤回我渐行渐远的元气。

在兰州火车站换乘火车时，我打开白布包裹，五张红色钞票露出来；金黄的、热烈的杏从座椅上哗地淌了下来，它们奔向四方，欢快而不慌张。

那一天，兰州火车站旷大无比的候车室，盈满了金色的、铜钹裂嗓一样的杏香！

二〇一七年三月三十一日

苏里/摄

油花年年随风开

我童年的生活是清苦的。

清苦之一，没有油吃。我至今清晰地记得，那时候村里十有九家，一日三餐，锅里碗里，少见油腥。其时最常食用的是漆籽油。漆籽是漆树上结的一种籽实，一串一串，密小如米。秋冬时节，用长杆镰刀挑下来，经土法榨制冷却成饼。每至锅里饭菜将熟时，沿热烫的锅沿擦抹漆籽油饼，漆籽油饼见热融化，泪水一样流进清汤寡水的饭菜锅里。一家人大碗小盏风卷残云滚烫进肚，凉了，漆籽油结痂，糊嘴。

我小时候贪婪，经常抠一小块放在饭碗里。饭汤滚烫，油块在汤里点点融化，油珠散开来，大小不一，并不浑圆。太阳下面，每颗油珠里都有一个胖胖的放大的我的脸，真实又虚幻。如果碰到饭不烫，油块就化得慢，或者干脆不化，任筷子怎样搅动也无用，又舍不得丢掉，就伴了汤强嚼碎咽下去。漆籽油饼又叫漆蜡油，真个味如蜡。不用半天，必有一场惊天动地的拉肚子。

我八岁那年，生产队也不知是谁，也不知道从哪里，弄来了一袋油菜籽，种在我家门下不远的一块地里。地块朝阳，黄泥，耐旱，是生产队的一等地片。最是难忘油菜花那惊天动地的开放，那惊世骇俗的黄，仿佛一夜之间从天空扑下来的，大雾一样笼罩田野。招蜂引蝶、呼风唤雨似的澎湃。其时山山峁峁，山花尽开，但在它面前，全都突然变得那样不值一提。而整个季节的天空，因此而蔚蓝，云彩也仿佛因为它们更加洁白了。

那一年，队里收获了几麻袋菜籽，请远方的师傅压出香油，每家分得三斤。这是我那个村子，第一次吃到真正的油脂。

让人无限伤心的是，第二个播种时节，一村人准备大干一把时，粮站来了技术人员，说本地不是油区，山高地少，只许种小麦玉米这些常规作物。

真是不可思议：待到春天四月，满埂遍沿，舍前屋后，竟有数不清的油菜花开了。这是上年收割时，遗落的种子。到了成熟，竟是粒粒饱满。人们收割回来，仔细扬壳去土，用擀面杖压碎了，垫玉米面饼子；或者炒熟了，与辣椒捣碎，辛辣之物，立即就变得敦厚与绵长。清苦清苦的日月，仿佛就有了滋味和劲道。

千年油籽万年草。从此，油菜花在乡间，再也没有断绝。春作菜蔬夏作脂，直到今天，油菜花依然年年茂盛在我早已回不去的沟头堰畔。

那年在河西走廊的山丹，大约该是六月光景。漠野千里，人烟难见。无限苍凉中，某天，一大片黄色出现在天际，我一眼认出那是油菜花。一阵激动，一股力量陡然涌满全身，仿佛那是茫茫奔途中的归址。

明天与亲人远在天涯，身体的疲惫，前景的未卜，使人每日如崩裂的岩石。在苍茫之地，在晦暗、贫瘠的生死场，油菜花突然涌荡出来，仿佛一封热烈的家书，经历了千山万水，猛然间摊开在眼前。

祁连山逶迤横亘在天际，季节的巨笔饱蘸人间亘古的鲜黄，这纯粹的民间气色，涂抹大野戈壁。天地的辽远莽苍，总使人无端地产生难言的忧伤。是因为命运的寂寥与挫顿吗？是因为生命的无处安放与飘摇吗？而那一天，竟一扫我心底的阴愁。

油菜花最多的地方，也许是陕西的汉中。那真的是百里花海，浩荡的波澜把早春的汉江春潮压了下去。

这片历史风云之地，生死的角斗场，上演过多少悲剧？张仪、司马错、张鲁、刘备，他们的霸业和阵阵血雨腥风去犹未远。"可怜无定河边骨，犹是春闺梦里人"说的是河西，同样也适用于这里，那些年轻的将士，铁甲披身的征马，他们油菜花一样蓬勃的青春年华……日暮乡关俱远矣，长啸和白骨都长埋于此，化作泥尘，成为生生不息的植被的养料。那时某刻，他们一定也曾对眼前铺天盖野的油菜花产生过惊奇和振荡，想起过家乡的妻儿亲人、门头的盼望，对未知的命运感到过茫然。

我曾有幸看见过油坊劳作。把菜籽蒸熟，包饼，上榨，几个油渍壮实的汉子嘿嘿地发力，汗水纷飞如落雨。金黄的清油沿着油槽汩汩流淌，缓缓疾疾落入粗陶的盆钵。激腾的香气形成一个巨大的拱顶，把人们罩住，把门窗封闭，你已无路可逃。香气又漫溢出屋子，向整个村子延伸。我也曾吃过淋过清油的锅盔，和用清油炒出的金色的洋芋丝。在它们的清香里，民间史生成，向着无尽的远方铺展开去。

半生流徙，在内蒙古，在新疆，在华北平原，在松花江畔，在零碎贫荒的边地，不分春夏，我总与油菜花不期而遇，仿佛躲不开的命运的一部分。

我总以为，油菜花堪称民间地理的标志花。它伴人烟处处遍生，那么弱小，又那么强大。它由南至北，次第接续，甚至能成为大地上花期和地理跨度最长的花种。

油菜花年年开，为大地，为苍生，更为希望的永续。我喜欢它，它滋润了人间烟火，也点缀了我人生的寂途，这样的点缀和照耀，将至永日！

二〇一七年五月六日

水边的阿雅

好多年前，在网上看到一位写诗的同道叫"水边的阿雅"，至今，我都不知道他（她）是哪里人，是男是女，是老是少。这个似乎带着无限异质的名字和他（她）笔下灵性的诗歌一直让我产生无边的牵念和联想，想象和联想不够慰我好奇心时，我就去网上搜索，以期有更宽的发现，使想象更加邈远。可惜这个阿雅，总是藏得很深，或许他（她）已经彻底不写字了。这是正常的，甚至是必然的：如果这位阿雅是位女子，也该嫁人了；如果是个男人，大概去为生活的柴米油盐奔波了。毕竟，比之于日日附体的日子，诗歌并不重要。

后来机缘巧合，我碰到了另外一个人。我一下认定，这就是阿雅。世界上没有完全相同的两片叶子，但一定有相同和相通的人。她们是并不同名的同一个"阿雅"。

北京城在我眼里并不现代，它有夕阳落日的暮气和味道：它的饮食，它的建筑，它满街的人流，人身上骨血里的那股神儿。夏是位女孩子，至今没有嫁人，这正好符合了我对这片地理和阿雅这个名字的想象和期许：好女子是不嫁人的，要嫁也得嫁给神。

尽管这个期许有些残忍。

屋子里好多人，众声喧哗。那时我的颈椎病已非常严重，到了站立久了都要倒下的程度。为了不失态，我努力挺着。参加这样的活动，我是第一次，也可能是最后一次。她是很晚才进来的，稍显倦意风尘，后来我知道她并不在这个城市工作，她在另一个城市讨生活。也许她刚经历了千里的奔波，刚回到家放下背包，还没来得及放下那个旅途上的自己。高个儿，短发，明眸皓齿，像一间昏黄的屋子点亮一盏烛灯，有风吹，并不摇曳；像一片叶子落在秋天，金黄，新鲜，舒展。啊，这不是水边的阿雅吗？她目光与我相遇时，我感到了那种孩子才有的羞涩、卑微，骨头里的水声微澜，虽然微微，稍纵即逝。一个城市有一个城市的礼仪，这个城市的见面礼节是开放夸张的。她的手分明已经伸过来了，手掌想要伸开，但终于没有。这是我们的第一次交集，二〇一四年三月，北京城乍暖还寒，街上刮着与时令并不匹配的清风。

夏并不写诗，她写什么，我一点也不知道。她自己说她的主要工作之一是采访，写文艺界人物专访，挖掘陈年旧事。这对于她这个科班生来说，无异于园丁弄花，太容易不过。令我惊异的是，她熟知几乎所有的京剧戏本，花旦的唱腔简直可以与李胜素一抗，这是什么人？那个少年时代和一家人挤十四平方米的房子，热爱足球和战争游戏，膝盖和双肘总是涂着红药水的少女（她自己讲的），长大了，长成了这个巨大都市的钢筋水泥林子边上的一棵白桦。

　　这里，我想说说（其实是妄猜）夏的西域之行。从事矿山爆破的十六年里，我曾六次到河西走廊。我了解那片地域，那些人烟，它久远的历史，以及它种种的无可言说，总之，它与从小在北京城长大的女孩子并不相契合。不过，她这一举动，让我看见了她脑后的那块现代人群早已消失的反骨与异质，而这是一个生命真正需要的。她的真正目的似乎是敦煌，是敦煌的壁画和石窟，是早已埋身岛屿的张大千，是也许根本不存在的一些物事和幻象。而兰州、武威、张掖、酒泉这些地方不过是她行走链条上可以忽略的一环，虽然也都有过停留。炎炎七月，一人独行，她到底收获了什么？或者放下了什么？外人无从知晓，只有猜度。

　　她微信朋友圈里有一张照片，在一幅壁画前（壁画不甚清晰或者脱落严重，让人只能用想象填补），她神情端正，久久凝望，脸上安静的表情仿佛来自遥远的云天和古代。她整个人仿佛凝固。此时，她脚下身旁的无边荒漠，已是一片大海，她正从西天归来，乘龟东渡，身上揣满了经卷。她并不知道在另一个人眼里，浩荡大水东流，一个叫阿雅的水边女子与她一次次交映，重叠，合二为一。

　　某天，我在节目现场录节目，她来看我，一身淡妆素衣，与一大群欢乐男女相映成异。人多，她就站在远处听了两个小时。我下来，她告诉我："这不是你想表达的，你不是这样的。"我

156

心里一惭：这哪里是我？我早已不是我了！回到住处，在食堂点餐，我问吃什么，她要了一碗南瓜粥。

二〇一五年四月，活动结束了，我回到商洛，像一阵风回到林莽，我知道此生再不会离开这片地方了。听说夏经历了一场短暂的爱情，无果而终。再后来，听说她去了日本，就再也没有消息了。我们都是奔跑的人，寻找的人，跑什么？找什么？都似乎清楚，又无限茫然。那是个没有终点、无望无果的苦旅。所有的人都是逃亡的人，从一个逃亡地向着另一个逃亡地。我知道在这个世界再也看不到她了，哪怕某天她一身光鲜地回来。

水边的阿雅！

二〇一七年五月二十日

麦　客

　　当我努力地写下这两个熟而又熟的字，竟有一些惶然和不安，对于这个特殊的存在，他们从远古至现代农耕文明路上的来与去、兴与衰、欢与悲，我并不怎么知情。殷谦先生曾在《心灵真经》中指出：麦客与刀客如出一脉。我倒是非常赞同：他们都在命运的黄尘古道上"走西口"。而在另一条堪为同轨的路上，我有过近二十年的行历，从自身生活经验意义上，我应是最知晓他们的人。

　　第一次见到麦客，是在西安开往乌鲁木齐的慢火车上，那是一九九九年六月。这是一趟极慢的火车，所有的站点都会停靠，所有的人都可以上车。因为可以无限超载，它差不多成为穷人的专列。从西安至兰州，用了整整一天一夜。这是我第一次入疆。那时候还不知道，颠簸、漂泊的流徙生活会成为此后大半生的常态。

　　在一节拥挤不堪的车厢，在形色各异、口音杂乱的人群里，他们显得有些别样：肤黑发乱，沉默不语。他们有老有少，有男有女，有的人脸上尚透着稚气。除了偶尔上厕所，很少走动。他们差不多都有一只扁形的白色塑料壶，就是平常装酱油的那种，里面装满了水，所以不用去车厢接头的地方打总是接济不周的开水。列车小推车上的各类吃食和列车员的叫卖，对他们没有吸引力，他们随身的包里有自己的干粮，一种半球形的馍馍。这些散发着新鲜麦香的馍馍中的某一些可能来自他们某一镰割下的麦子。那一天，他们从八百里关中回通渭，回陇西，回隆德，回固原，回遥远的银川和青海。收完了别人的麦子，自己家的麦子也熟了。那次，我猛然感到他们与我们十几个千里远行的人，有一种共通之处：我们都赶着去异乡收获，而漫天的风把我们吹成风信子。

我此行的终点是一个叫萨尔托海的盛产黄金的荒凉野地，是一个我无限陌生的地方。那里有我先行的和永不回来的老乡。当麦客们到家门的时候，我大概正抵达奎屯，正换上一辆长途汽车，或一辆黄尘滚滚的山地吉普。当我经过了三天三夜的长奔，第一次下到五百米地下矿洞的采场，拿起钢制的锋利的耙锄，弓着腰把永无尽头的矿石一簸箕又一簸箕地装进矿车斗，我猛然又一次看见了他们那放置在火车座位下的编织袋不能裹住的镰刀，那锋利无比的、为获得最大劳动收益而加长加弯的利器。这时候突然记起了一首《观刈麦》来：

田家少闲月，五月人倍忙。夜来南风起，小麦覆陇黄。

妇姑荷箪食，童稚携壶浆，相随饷田去，丁壮在南冈。

足蒸暑土气，背灼炎天光，力尽不知热，但惜夏日长。

复有贫妇人，抱子在其旁，右手秉遗穗，左臂悬敝筐。

听其相顾言，闻者为悲伤。家田输税尽，拾此充饥肠。

……

　　老家商洛北山虽是山区，没有广大的田块，但这样的场景，这样火麦连天的辛劳生活，我并不陌生。麦季总是连着雨季，倒伏和生芽都会让一年心血成为泡影。有一年，家里种了五亩麦子，长得特别好，但一连八天的连阴雨，麦粒被勃发的麦芽抽空了身子。那一年，我们打下了三千斤麦子，一家人反倒没有了麦子吃，整整一年里，全家人端着盛了褐黑发甜的面条的碗，长吁短叹。麦季时有一种麦黄鸟，它总是"快黄快割"地叫，声声催人急。但真正浩大壮烈的一幕，在多年之后的咸阳原上，我才得以亲见。

　　我曾无数次路过西安，无数次远远瞥见那一线若隐若现的咸阳原。这一道浅山台地，终年总是种满了庄稼，它们与封土大冢并茂于时间的流序里。烟尘如幻，地老天荒，时间和生死，在这里来了又去了，走马灯一样转换。某年六月天，因为一位老邻居搬迁到此地，我来看望他，我踏上了麦火如海的咸阳原。我不知道还有什么样的词语能状写那遍地的壮阔和当时的心情，我又一回想起了古人的那首《观刈麦》来。眼下的场景与诗里的景象相隔了无数世纪，又如出一幕，仿佛时间不曾流动，仿佛岁月再度轮回。那时候，动力无穷的"铁麦客"还十分有限，像这样的台地极少见到它们的身影。有人指着告诉我，某些如深水一粟的身影，就是甘宁过来的麦客，有父子，有夫妻，更有兄弟结伴。像麻雀一样，他们此刻湮没在麦海当中。艳阳如火，蝉鸣断续，我更惊异于他们完全不同于当地人的一种刀法，那是一种类似撒网的动作：抛出去，收回来，一片麦子唰地就倒了下去。后来我知道这叫"抛镰"。还有一种"杀跑镰"，几个人的镰刀同时挥出去，收回来，整齐又惊悚。

最后一次见到麦客们，是三年前在宝鸡。那一天，他们从汽车站出来，看得出来是从家乡初出门，而宝鸡小麦已正黄熟，陈仓大地十里金浪。他们人数稀落，年岁也明显偏老了，戴白布帽或草帽，操一口生硬的西北方言，走过我们。我和工友由此转车，前往甘肃两当县太阳乡，那里有一道初发现的矿脉和一场生死未知的辛劳正等着我们。像麦客一样，我和工友们多年奔波，岁月粗粝的风尘也早使我们满面沧桑。麦客们正被汹涌的机器逼向绝地，而我们，也早被凶暴的资本推到最后的悬崖。对彼此来说，都极可能是最后的一场相遇了。

在我家乡的县城，位于忙碌的秦楚要冲的312国道，每至麦熟时节，各式收割机如大水一样奔腾而过。它们由南而北，次第"扫荡"。我已有两年没再见过麦客了，正如《舌尖上的中国》的旁白：古老职业和悠久的传说，正被机械们一茬茬收割殆尽。

二〇一七年六月二十五日

西安北站

我至今说不出西安北站的确切地址。那是一个告别和出发的地方，是一个人生命里无数故事章节的转折。虽然所有的车站都在努力营造一种宾至如归的氛围和气象，但它的确不是停处和归处。

我第一次出现在西安北站，是二〇一五年冬天一个酷冷的下午。我攥着一张蓝色的动车票，茫然无助，不知去往何处。身边匆忙陌生的脚步、巨大的空旷、透骨的寒冷，使我的无助和惶然隐蔽又彰显。车票的尽头是一个确切的地址——北京西站。虽然半生里，我到过数不清的地方，好多地方甚至遥远得没有名字和人烟，但没有哪个比车票上的这个地址，这个巨无霸的具体的城市，让我更有一种复杂的未知的恐惧。

那时刻，我刚做完颈椎手术四个月，身体依然在挣扎中恢复。在离开家的那个大雪如泼的早晨，我为戴不戴颈托纠结了许久。我靠在候车室冰冷的铁皮座椅上，颈椎隐隐作痛，座椅的冰冷与颈椎里的那块合金物在无声合谋、联手，要将我推倒。一场手术，使我的身体提前告别了盛年，让我提前看到一方黑洞。面对茫茫

163

的生活和命运，我不知道下一步将向何方，将有何为。此行是应一家电视台之邀，去录一档节目，那是我无限陌生的人群和行业。

我座位的对面，是一群携带着鼓鼓的大大小小编织袋的人，听口音，他们应该来自川贵地界。他们有老有少，有男有女，不乏姣好的青涩面孔。在这数九寒天，他们要去哪里？虽然人多，可以抱身取暖，但从他们的话语里、眼神中，分明感到他们也是茫然的、孤独的、紧张的。这茫然和紧张，是对明天的、对车票尽头那个地址的无知和无力。此时，只有身处的车站似乎是明确的、安全的，仿佛一座可以停靠的海岛。

但车站的本质是冰冷的，像一位生硬的没有情义的房东。你停留的时间是规定的，有限的。车站墙上巨大的时钟里转动的指针像一只大棒不断敲击提醒：时间到了，你该走了。车站是具体的，又是虚幻的。这里没有结局，只有开始。车票上的数字是一串暗码，我们由此出发，去与并不知道的人、地址和事件接头。

我最近一次出现在西安北站是去贵州，同样的下午，同样的人山人海，同样的别离和出发。所不同的是季节正是酷夏，整个西安都在大汗淋漓。这一次，我认识了小淘，一个漂泊了十年的二十五岁的湖南人。我们并不去往同一个地方，共同的饥饿，使我们在饮水处泡面时相遇并无话不谈。

他说自己初中毕业就出来漂泊，当时只有十五岁。我抬头看他时，见到他满眼沧桑，青春的面孔后透着怆恻和苍茫。我知道，年轻的他累了，像我一样。他说他到过新疆、青海，到过深圳、海南，做过流水线工人、瓦工，干过营销、传销，还当过保安队员。我们都有长长的候车时间需要打发。在举目无亲的二楼候车室的购物处，我们各买了一瓶二两的小酒，对酌，互诉身世和迷茫。他说他害怕车站，烦透了它，它只管送走，并不管你去哪里，更不负责你以什么样的结局回来。临别时，他脱下手上的手串戴在我手上，让它保我平安。那是一串陪伴了他许久的物件，因为光阴和汗渍，它透出光泽。

就在一个月前，我得到一个消息，是小淘的朋友发给我的短信。小淘在某个煤矿八百米地下的一场瓦斯事故中身亡，他的身体几天后被找到，在运出洞口时，只能用一块布包裹着……

一生里，我们一次次出发，一次次惶然。车站是一个永远抽不完的签筒，我们用手里的车票，在这里抽出一张张签，从这里占卜命运。而每一张签的抽出，都需要很大的勇气和力量。

二〇一七年七月十九日

绥阳豆干

豆干在中国的历史很久远。据文献，西周时期，大豆已有广种，有民谣唱："中原有菽，庶民采之。""采菽采菽，筐之筥之。"这里的菽，就是大豆。那时，大豆已成为人们的主要食材，大约也是从那时始，豆物被发明出五彩斑斓的吃法。

绥阳豆干发明于哪朝哪代，经历了怎样的故事，我没有找到记录。绥阳地处黔北腹地，山川纵横，交通阻塞，历史上，人称"邦外之地"。按现在的语境，就是远离政治权力和经济话语中心。远离有远离的好处，好处之一，就是换得民心民生的安定。闲适安然的地方，必有相匹配的美食产生，比如成都，比如苏杭，饮食几乎成为那里地域文化的重要源头。走在绥阳的街街巷巷，那琳琅的叫不上名字的吃食也是直晃人眼的。

在这里待得久了，你会发现绥阳豆干极其芜杂，有虎皮纹的，有焦黄色的，有嫩白的，有黑如墨砚的。做法就更五花八门，有腌制、炸制、熏制、煮制、卤制。至于使用什么作料，有哪些技术细节要注意，那是各家的秘密，从不为外人知道。

在绥阳十二背后的双河，我有幸吃到一种豆干，和别处更不同。这里现在是一处旅游风景区，有人说这里有十二道湾，有说有十二个潭，有说这里曾出现过存在了十二年的短暂神秘王朝，纷纷不已。一个地名有一堆对应的故事或者传说，原本多数无考。这里的居民，有说是武侯南征结束后马忠留下的一部，有称是张献忠大西王朝的败勇，也有说是石达开安顺场打散的人马。那白云生处的人烟，他们的身世，他们的命运，那昼耕夜息里深藏的波涛云雨，像一道道谜。

这家店主营羊肉粉，每日客少，炒菜不是主务。贵州羊肉粉声名早已在外。据说"食不厌精"之说出自孔子，但我认为只有悠然的南方才会真正食得精致。精致在于量小，一份吃不饱，那就需要加料，这一家，加的是豆干。

黑乎乎一盆汤，坐在火炉上，翻滚着花椒、红椒、姜片、大料。豆干块大，沉在底下，翻不动，偶尔翻上来，又急急沉下去。那飘散在空气中的味道，只有一个"钝"字能形容，钝刀，钝力，慢而疼。豆干呈片状，筷子粗厚，巴掌大小，配在羊肉粉上，仿佛一片落叶停靠秋天。一口豆干，一口粉，那个惬意，才叫绝配。也可以不配粉，单点，一元钱一片，我一顿能吃八片。

豆干被汤久煮，会产生细小的蜂窝，因为事先经过了炸制，豆干变得紧实，那细小的孔洞，汤汁并不容易进去。问店主，回答说煮这豆干至少需要三五个小时，常常要早晨三四点起火入锅。质地致密的豆干，隐藏的汤汁，在唇齿之间，在味蕾上，缠绕、冲撞、聚散，诞生出一种涌荡不息的风流。

听同事说，还有一种茴香豆干，更奇绝，可惜我一直没有吃到过。有时止不住想，它是不是和鲁迅写过的绍兴早年的茴香豆同味儿？但那孔乙己吃过的茴香豆，是什么味儿，又有谁真正吃过？只有绍兴的旧食客知道了吧。

绥阳人好性格，不急不躁，处得久了，你会发现，他们连吵架都是慢的。语多幽默，词无章法，与那味道无尽的豆干，极似。

清人姚兴泉有首《豆腐》诗，鲜活又有趣：

桐城好，豆腐十分娇。
打盏酱油姜汁拌，称斤虾米火锅熬，人各两三瓢。

它写的是桐城豆腐，若用于绥阳豆干，也甚合适。
今天立冬，下班，烫一锅豆干去。

二〇一七年十一月七日

在渑池，我第一次见到了黄河

一

那是第一次出远门。那时候，我还未成家，结婚是遥远的两年后冬天的事情。在此之前，我到过最远的地方是丹凤县城，见过最多的人是县客车站挤来拥去吐着各式方言的人群，以至于在一九九六年麦穗怀胎时节的某天，见到310国道三门峡至渑池段凶猛的车流和人海，我突然有一种穿越到古书里的恍惚。

终于在日落西山时到达了一个似乎废弃多年的院落。我查了随身地图册：渑池县张村镇曹窑村。院子破败，开裂的墙缝挤出一道微黄的灯光，像一枝柳树梢在薄暮里摇晃。门吱呀一声开了，伸出一颗硕大惊喜的光头："到了，到了！"到了的我们一拥而入。

吃了饭，收拾住处。住处是一座砖塔的底层，五米见方，室徒四壁，地上铺一层麦草。为防止麦草外溢，边上横一根树干，摊铺开被褥，就是一溜大通铺。同行除了大表姐，是一群比我还要年轻的青年，他们来自河南省三门峡市卢氏县官坡镇，与我家乡仅一山之隔，说一口与我完全相异的方言。大表姐三十六岁，

169

高大，丰乳肥臀。她是我们这支新组建的乌合工队的炊事员，自然要在灶屋里住。

关于这座砖塔，当夜以至此后到现在，我有无限的猜测。它高约十米，呈金字塔形，共三层，内部有旋转的砖梯通至顶层，每一层开窗大小位置不等。墙砖笨厚，白灰粘缝。它非庙非寺，似独立，又似乎与身旁的这座院落有着某种骨肉撕扯。它显然比这座院落沧桑许多，建于何时？干什么用的？如果是作为家族用的防卫碉楼，它又抵御过谁？在这座砖塔里，我们一直住到一九九六年的第一场大雪来到。其间发生的许多故事，一部分早已烟消云散，一部分作为我人生的一鳞半爪成为命运的浅浅印迹。

夜里一场大雨，早晨起来，天地如新。

院子门前二十米处就是铝矿的坑口，卷扬机不停地提升下放着矿斗。矿石一斗斗被提升上来，一个人专门把它们推到几米外的矿仓倒掉。矿石呈绿豆色，巨细不一，由笨重的汽车拉去冶炼厂。据说出来就是铝锭。

离矿口不远是一座煤矿，渣石堆积成一座高山，盘山的铁轨形如螺纹，一圈圈绕向山顶，日夜有矿渣倾倒下来。渣山实在太醒目了，后来它成为我们外出归来的坐标，远远看见一座冒着黑烟的孤峰：哦，我们终于到家了！

因为铝矿常年缺水，这个叫义马分矿的职工大澡堂成为我们此后每周偷偷光临的地方。在这里，我们洗去一身的污垢，也见识到一群我们之前从未见过的人别样的生活和人生。在职工理发室，宽大衣袍难掩腰身的姑娘，用手里的推剪剪去我们青春猛长的头发，细腻的手指和偶尔喷到颈脖的气息，让我们魂走窍外。

二

曹窑的杏花似乎比别处开得早一拍，在麦浪如海的塬上，它们蓬勃而妖娆。塬上少树，不时从怀穗的麦垄飞起的山鸡，是这里春天唯一生动的证物。受到惊吓的山鸡有时会飞得很远，连同一串惊叫，一直飞过塬头，落到塬的那边。

铝矿石在地下垂直二百五十米的深处。从井口到地底，差不多要五分钟。既吊运矿石又乘载工人上下班的矿斗大小一米见方，可以同时站立两个人。纤细的钢缆唰唰地往上抽，仿佛在把人的肠子从嗓子里一节节拉出来。

铝矿石并不坚硬，但绵，破旧的空气压缩机产生的风量太小，一个两米深的孔要打半小时。我的搭档是一个烟鬼，一个班下来，要抽一盒黄金叶。他叫安子，卢氏县人。他与我同岁，叫我师傅。这是我第一次被人称作师傅。自此至今，这个承载着某种义务与压力的称谓，像老虎头上的王饰，再也没能拿下。

生产两班倒，渣工白班，炮工夜班。炸药的供应总不能接继，还常常断电。生产进度异常缓慢。矿仓总像水洗过一样，高高的冶炼炉冒着白烟，在山那边看着我们。

　　炮工的工作并没有量的要求，可以多干，也可以少干，只要供应上渣工一天的出矿量就行。炮工和渣工，都靠出矿量挣工资。因为炸药和电的原因，总是停产，我们身上的压力一直很大，常常从黄昏苦干到天亮，有时候早到了渣工上早班的时间，机器还在我手上跳荡轰鸣。这台风钻已经陈旧，油漆和橡胶护件剥落到尽剩钢铁，那时经验尚浅的我，无法分辨它已经工作了多少年。整个晚上，它不停地怠工、停摆，我一遍遍地拆卸、修理。安子蹲在一旁不住地抽烟，在机械面前，他形如痴傻。我气急了，会朝他狠狠踹出一脚。

　　风钻做功，需要用水，有水钻孔，叫水孔；没水钻孔，叫干眼。干眼省事，但石尘弥漫，戴一个防尘口罩，基本没用。下班了，嘴里眼里耳孔里全是石粉，洗三盆水都洗不下来。那时还不知道，干眼会造成硅肺，硅肺后期，痛苦无名，任神仙都没有办法。

　　安子有一个儿子，叫李兵还是李冰，我一直没弄清。那时间都还没有手机，一张全家福照片，安子揣在身上。安子的工作其实简单，就是摇晃一台手动抽水机为风钻供水。他奇瘦，脸长，头顶一片少白头，我工作中有时候回过头，看见他和细长的手柄一起幽幽晃动，像一个影子。安子手感极好，一塑料桶五十斤装的水正好够完成一个孔，不多不少。从钻孔流出的水涓涓流过采场，沿着巷道一直流到另一个低处的巷道里。沉淀过的细流如一条逃跑的灰蛇。听说，那个巷道开凿于一九五八年。

如果下班晚，站在井底向上看，可以看到碗大的天空，天空灰暗或瓦蓝。它随着矿斗上升，越来越大，至井口时，天空哗的一声铺满了山边。

三

又停电了。

停电后的时间是最难熬的。我们一行人去看黄河。

我们奔行三十里，翻过一道叫老虎岭的山梁，黄河陡现眼前，它莽莽苍苍，状若巨带，不知所来，不见所终。我们都是第一次见到黄河，青春与兴奋，让我们向它奔下去，奔下去。黄土丘陵，望山跑死马，到黄河边，已是正午。

无遮拦的太阳照射头顶。这一天，是农历三月初八。河水冰冷，但岸上气温已燥热得让人难以着衣。黄河那边，是山西运城平陆的一个村子，一所小学校，飘着鲜红的国旗。两岸的庄户都开始了耕种，种早玉米和花生。牛拉着木犁在山坡上缓慢行走。田坎边的酸枣树上挂着去年没掉落的酸枣。枣树发芽晚，这时间树棵黑乎乎的，不知死活。除了庄户院边的泡桐和槐树，除了一垄一垄的麦子，余下显得光秃秃的。一位洗粪桶的老汉告诉我们，这个地方叫槐扒。

这一段黄河水居然是清澈的，水里的石头、野鱼、种种沉淀杂物，可以看得很清。后来我们知道，上游不远处就是三门峡水库大坝，千里泥沙被拦截、沉淀。河水很宽，我们用尽了力气，谁也没能把石头丢到对岸去。安子说，人都说跳进黄河也洗不清，我们都来洗洗，看清还是不清！说洗就洗，大家呼啦啦都脱光了衣服。两岸的人，都回头看着一群裸体的青年。

怕水的王双从岸坡上的小商店里，买来了肥皂和一袋主人种剩下的花生种子。河水刺骨，深处呈现出碧绿色，丢一块石头，嘟的一声，水深叵测。谁也不敢远游。大家就在河边，满身搓起肥皂泡。钻进水里，又从水里冒出来，人人打着牙战，却嘴硬说一点也不冷。

看看太阳早过了正午，大家爬上岸。该回家了。来时一路兴奋，已经忘记路途远近了。出了水，都才发现肚子真的饿了。七寻八找，从口袋翻凑出八元三角五分钱，去商店买吃的。

商店是一孔窑洞。白壁砖地，十分干净，一看就是才开张的。比商店更鲜亮的是它的主人，一位小巧的新媳妇。那新衣上的一朵红花还在。商店很小，除了油盐酱醋，吃食只有方便面。我们的钱正好可以买一箱。小媳妇在说话时，露出一对小虎牙，那牙上泛着浅浅釉光。在给我们打包时，我看见她把拆了口的一包小饼干悄悄放了进去。它显然不是卖的，是她解馋的零食。她算不上美，但可以用漂亮来形容，眼睛很细，一只眼梢的下方长一粒小痣，像一粒黑豆，经过了雨浸，似要破土吐芽，滢润至极。离开的时候，她告诉我们她是河北人，其实就是黄河北岸的山西，现在嫁到了河南。对于我们这群远行千里的人，她觉得又新鲜，又好奇。

上到坡顶，太阳已偏西了好远。回头再看黄河，似乎更加盛大，在浩大的黄土丘陵深峡之间，又显得无比驯服。平陆那边的小学校，正在放学，孩子中有一部分，羊群一样奔跑到黄河边，一只轮渡将载他们过河，回到河南的家。黄河上游的黄土原野，重重叠叠，愈远愈模糊，直至一无所有，只剩空茫。

下山不远，一户人家的院墙外边的小树上挂着一支土筒，筒长近一人高，锃光瓦亮的前部枪管部分比木托长许多。我认得，这是打兔子和鸟用的。枪管里插着一根细细的芦苇秆，芦花雪白而轻巧，显然是装填了枪药。王双顺手操起来，对着麦地嗵地放了一枪，一只山鸡惊叫着斜斜飞向另一片麦地。

若干年后，怕水的王双因为狩猎，因为拒不缴枪，被抓到了看守所。

四

大表姐是我大姨家的长女。

她有一儿一女两个孩子，并且都已不小了，一个读中学，一个读小学。表姐夫勤快，那时候读书花钱也不多，表姐喜欢出门，为钱，也不完全为钱，就出来了。包工头是老乡，也是她远房亲戚。

四月初的天，亮得格外早。但表姐要比天起得更早，六点必须让工人吃到早饭，她四点必须起床忙活。工人宿舍与厨房只隔着两道墙。我每天总能听到她起床、洗脸，接下来在案板上的叮叮当当。这时候我常常是下夜班刚刚睡下，巨大的睡意还没到达。在工人们吃早饭时，我才正好沉沉睡去。

除了停工，我很少吃早饭。安子不一样，他总要把早饭吃了才睡，即使这样，他依然奇瘦。这种瘦一直到二〇一六年某天我在开往郑州的火车上不期碰见他时，依旧如一件皱巴巴的外套挂在他身上。

表姐的工资不高不低，每月二百。除了每天三顿饭的忙活，她比我们更有闲松的时间，这使她对整个曹窑村时事风云的了解比我们更及时而丰富。除了做饭，表姐还负责买粮买菜。曹窑村不大，零零散散，村子如一群污脏的羊散落在山坡上。人不多，也就没有集市，赶集要去二十里外的张村集上。

但买粮和菜都不用出村，自家的地，这些是不缺的。所谓的粮，主要是面粉，偶尔也买一点小米，用来做早饭的粥。而菜，就要丰富得多：小青菜、老白菜，西芹、红白萝卜……一杆秤，杆愿翘多高翘多高，没人计较。

有一天早晨，表姐收到一张钱，百元票面。那时间，一百元票面的钱并不是很多。那个能说会道的胖嫂，是表姐来此第一天就结识的朋友，她男人在义马矿上上班，这样的票子，据说每月都能发很多张。那天她并不是卖粮或卖菜，她换钱。换了零钱，胖嫂就去张村赶集去了。

这天中午刚过，表姐就出事了。

工人们还没下班，矿斗上上下下，提矿的卷扬机像撒欢的少年。表姐把馒头蒸好，白菜萝卜丝炒到一半，发现没盐了。她端下锅，封了火，去小店买盐。她做这些的时候，我正在呼呼大睡，当穿着制服的协警押着表姐，把我叫醒，我竟一时东西莫辨。

表姐用的那张百元钞票，店主认出是张假币，报了案，假币上的数码正好与前几天立案未破的制假币案中收缴的假钞连号。表姐成了贩卖假币的嫌疑人。

三天后，我去渑池县看守所给表姐送烧饼时，看她瘦了一圈。在派出所审讯室，审讯了三天，表姐坚不吐实。说不出出处，就是抗拒，先被拘留半月。

表姐释放那天，我去接的她。其时麦子初泛石榴黄。街道旁、公路边、沟沟峁峁，槐花如雪。有一阵，几片槐花瓣落在表姐的头上，我突然发现她有了白发。那花瓣在她头顶，细小、粉白，如别着的好看的发卡。

五

转瞬就到了八月。

秋风到，庄禾收。其实在曹窑，秋天的八月并没有多少庄稼收获。这里施用的是倒茬种，麦子收了，地就荒着，让它歇半年，蓄蓄肥力。地也像人一样，不能总是闲着，也不能总被使用着。我后来到过许多地方，从河西走廊到八百里关中，以至山西河北，中国北方大部分地区都采用这样的耕作方式。

渣工换了好几茬。这活重，一吨重的车子，每天搬装驾运，曲里拐弯上百趟，没有人能顶得住两个月。我和安子没有换。技术活，熬的是时间，拼的是耐心。除了安全风险，还有技术能不能支持效益的风险，不是谁都可以承受的。

再过不久就是中秋了，早晚的风已经有了凉意。槐树、杨树们的叶子还很绿，但若仔细看，树下已有落下的叶子了。那提前落下的树叶，边缘或某个角，隐隐泛出了一丝黄迹。这个时节，天空每天都是晴朗的，云就特别白，也特别高远。朝四处看，一眼能隐约看见几十里外的群峰，几十里外，那是什么地方？不知道，但可以肯定的是，那里有同样的人烟，同样的日出而作、日落而息，同样的歌哭与悲喜。

晚饭有点晚，放下碗筷时，正好八点。工人们去村里看露天电影了。电影是戏剧片《七品芝麻官》。和安子走到井口时，正好听到牛得草的嗓门。天有点阴，天上无星也无月，那婉转的高腔划过夜幕，像把天空撕了一道口子，更重的黑暗哗地倒向了四野。

我才接手的时候，矿斗落底的仓台到采场只有七八十米，现在已经有三百米远了。出一车矿石越来越难，也越来越慢了。老板说："铝价不好，给你们涨不起工价，再看看吧，实在不行，只有停掉了。"

今天的工作有些难度，采区底部的杂石冒到了两米多高，矿石萎缩到了顶部不大的空间。和所有的矿床一样，铝矿石也是时纯时混时富时贫的。好在早已准备了两架钢管梯子，可以空中作业。只是安子不能压水了，他要在梯子上协助，今天只能采用干眼。

钢管的厚度不够，梯子有些软，风钻巨大的反冲力，振荡得机头不停摇摆，几次差点把我掀翻下来。我努力控制住风钻，既要保证钻孔的角度，又要保证钎杆不会突然折断，否则，后果不敢细想。安子站在另一架梯子上，钎杆传带的石末落在他的安全帽上、身上、胶鞋上，白白一层。采场的地面像落了一场雪，另一些雪在空间飞舞、飞舞，久久不能落下。

我把消音罩的风口转向安子，安子身上的石末一下就被吹净了，他回过头冲我讨好地笑。笑里有感激也有一种歉意。他瘦弱，胆小，白白做了半年的徒弟，风钻也不敢摸。

现在的采场顶部离黄土层大约不远了，矿石在变得更加松软，钻头常常被卡住、卡死，用倒吹风的方法有时会从钻孔里吹出一股粗糙的石粒，石粒喷出来，像枪子一样有力。钻头在经过石缝时，我能感觉到它不一样的振动，石缝宽窄深浅不同，传导过来的振动也不同。这时候就要特别小心，控制进度，让钻头与岩石若即若离，让它慢慢磕打出不偏不倚的孔洞。如果石缝的走向与钻头的走向不同，钻头会随着走偏，结果是钎杆变弯、卡死。后来有一年在河南秦岭金矿，我亲眼看见一只缺少经验的钻头被卡死，机器巨大的扭力让钎杆瞬间折断，插向前方同伴的大腿。

更有一种可怕的情况让人防不胜防，就是钻头在进入岩石很深时，整片岩石突然脱落。这种情况在结构很差的岩石条件下经常发生，脱下的岩石巨大的下坠力，会造成机损人伤。

这一天，一九九六年八月十三日，这样的不幸发生了。

多少年后，我到了安子家，那个好听的叫兰草的镇子。一幢低矮的瓦屋，黄土泥墙。一棵茂盛的核桃树罩住屋顶。他儿子长大了，参了军，提了干，在西北某地驻防，在驻地娶了妻，生了孩子，已经五年没有回来过了。安子说，儿子再也不回来了；爱人给儿子带孩子，也几年没回来过了。照片上，大漠雄关，缺了安子的一家人，笑得灿烂。

他用缺了两根手指的手给我擀面，把抽了一半的烟卷夹在耳根里。由于长年烟不离嘴，落下了严重毛病，随着身体用力，不断发出阵阵咳嗽，他拼命忍着，憋得面红耳赤，但还是不住有星末落在面叶儿上。我为锅洞添火，看着他擀，最后，看着他把面叶儿擀得薄成案板的一部分。

面端上桌，他喊了我一声师傅。

二〇一八年五月十日

黄瓜本无味

我特别爱吃生黄瓜。

爱吃到什么程度？有少年故事为证。我读小学时，性子非常野，家住在旱原上，却喜欢跑几里路下河洗澡。每年春天一到，必是第一个下河游泳的人，早发的春水冰冷刺骨，激起一身鸡皮疙瘩。那时候，峡河水量充沛，慷慨高歌，一个深潭连着一个深潭，幽不见底，每年都有游泳的人淹死。我从不害怕。

从常常游泳的那个最大的水潭回家或去学校，必经过一家人的自留地。那是一片丰盈的菜园，几乎一年有一半季节，竹梢架上都吊着黄瓜，一茬老了藤蔓再续种一茬。这家人从县城搬来乡下，生活上有些讲究，别的人家种南瓜北瓜大冬瓜，他家种黄瓜芫荽柿子椒。四月才过，他家的黄瓜就长出来了。偷摘的黄瓜不敢明吃，我藏在衣袖里，举袖，咬一口，再举袖，又一口，突然碰到人，我硬生生地咽下去，噎出两眼金银花。

时间一久，大约偷窃行为被觉察了，每天主人把黄瓜摘得干净极了，只剩下根本无法上手的怀崽瓜花。为了比主人更早摘到瓜，我经常起得很早，在瓜地边等啊等，等候黄瓜长大，等到太阳出来，摘了寸许长的小瓜，去学校。

黄瓜的花蒂部分有一丝苦味，为了不糟蹋，我发明出一种吃法：连瓜花一同嚼咽，瓜花的清香正好抵消了花蒂的涩苦。如果瓜花硕大，花粉足够充盈，清香就会大过了苦味，香味会在嘴里留存很久，直到早操结束，被一阵早读的吐纳运动消弭。

瓜的主人姓张，他儿子和我同学，十八岁时在山上给人砍树，被倒下的树砸坏了腰，我每次回老家，都看见他坐着轮椅在路边摇晃。峡河水也一年小过一年，终于只剩下细细的一条链子，在石头下晃荡。

我现在打工的地方，当地人采买生活日用品时使用的背篓非常有特点：圆筒形，竹篾编织，精致细巧，上至人肩头下到人屁股，方便人行走，也方便人就着地坎歇息，不占用人双手还能负重。市场上，乡下来赶集的人们也都背着背篓。背篓里装着辣椒、白菜、竹笋、李子、葡萄、黄瓜……早市时县城的巷头巷尾，是一片背篓的世界。

蓝天菜市场在这个县城非常有名，不仅是规模大，还有时间厚度的原因，仅从蓝天这个名字，就能感觉到它悠久的历史了。这个世界，蓝天已很少出现在人们的头顶，事物的冠名也少有蓝天字眼。蓝天是一个过去的词语。

出蓝天菜市场东门往左拐不远，是白马市场。在拐弯的地方，我邂逅了老黄，准确的说法应该是，先邂逅了他的一篓黄瓜。这是一篓带着顶花的、来自乡下的黄瓜。我见到它们时，它们浑身沾满了乡间的露水。采花的土黄蜂大概离开花蕊不久，嫩黄的花粉溢出了蕊芯。

这是真正的黄瓜，一种老品种，在很多地方已经失种。它一半绿一半黄，黄绿纠缠在一起，两种颜色孤立又混杂，你分不清，谁多一点谁少一点。咬一口，脆，脆里有一股香。大多黄瓜本来无味，因为这一股香，味道复杂无尽。它不像新式品种，粗而短，无刺，简单。

黄瓜的主人穿一件白衬衫，干净、齐整，和市场的纷杂，和他的一篓黄瓜显得很不搭调。"给我来五斤。"我的北方普通话让他一愣："你一个人吃？"我说是。"黄瓜不过当天，过了就蔫了，二斤够你一天了。"他用老式盘子秤称了二斤递给我。那天，我知道了他姓黄，家住在距此有些路程的乡下。

三天一集，老黄几乎一集不落，也卖些别的，多数还是卖黄瓜。我们渐渐熟悉起来。他不是本地人，本籍苏南，因为做生意亏得血本无归，老家回不去了，经人介绍，在这边乡下买了农村的老房子，落了户。没了本钱，种些菜卖。人活着，得吃饭。

原来姹紫嫣红开遍，似这般都付与断井颓垣。良辰美景奈何天，赏心乐事谁家院！

184

朝飞暮卷，云霞翠轩；雨丝风片，烟波画船——锦屏人忒看的这韶光贱！

有一回喝酒，三杯下肚，他突然唱起来，是昆剧《牡丹亭》的片段。不知道他突然想起了什么，那婉约的唱腔吓我一跳。人声鼎沸的饭店大厅，他着一件白衬衫，与时令已显得不相宜，只有头上渐白的花发与早到的秋天有些相配。

有一段时间，老黄不卖黄瓜菜果了，他来到了城里，做装修。似乎做得还不错，手下有了十多个工人。活接得很大，业务扩大到水暖、基建。买了辆二手皮卡车。

生活是一座围城，每个人的围城都墙高院深。关于老黄的私人生活，没有人知道一二。有一天，他跟人打架了，因为一个不相干的女人。临河路大排档是小城最红火的大排档，夜夜人流不息。临桌是一群鲜衣怒马的青年。不知为什么，他们争吵了起来，一位壮汉抽了一位女子一个耳光，又抽一个耳光。女子连连赔罪，嘴角流着血。也许她本从事的是昼伏夜出的工作，没有力量站直腰身。老黄实在看不下去，把女子拉到了自己身后。双方一场混战，对方人多，老黄头上挨了一酒瓶，鲜血满面。那群人扬长而去，老黄从地上爬起来，洗净了脸，把女子送回了住处。我说："你这是何苦？"他说："我受不了人被欺负。"

过了一段时间，老黄又摆起了菜摊，位置还在原来的地方。

离开了近一年，那个位置还在，仿佛知道他还会回来一样。家里的土地已经荒掉，这回的菜都来自批发市场。大概是因为我的所爱，他依然会卖一些黄瓜，不过已经是新品种，根根绿得吓人，有一尺多长。

有一天，他突然出现在我面前。"我要走了。"我问去哪里，他回答不知道。两个男人，在下着小雨的街上紧紧抱了一下，互相拍了拍背。那件白衬衫已经有些旧了，质地依旧精良。季节已有凉意，衬衫被他套在夹克里面。我突然看见衣领间有一行字，娟秀的，黄丝绣成。

后来听人说，老黄被欠了很多钱，也欠了别人很多钱，为了还债，他把乡下的房子卖掉了，卖掉了皮卡，已身无所有。往白里说，世界虽大，他已无立身之处。

每天上下班，我还是打那个拐角处经过，不自觉地总要看一眼那个摊位。摊位早已换上了别人，摊煎饼的小夫妻忙乎得热气腾腾。我有时想起那些翠黄的黄瓜，有时想起杳无音信的老黄，有时把他们一同想起，或者遗忘。

那件雪白的衬衫是一个永远无解的谜。

原来姹紫嫣红开遍，似这般都付与断井颓垣。良辰美景奈何天，赏心乐事谁家院！

朝飞暮卷，云霞翠轩；雨丝风片，烟波画船——锦屏人忒看的这韶光贱！

　　无眠的晚上，我有时也会突然唱起来，不过不是昆剧，是秦腔。怕打扰到隔壁的人，我用被子把头包起来。美好的词句、苍哑的调门、莫名的惆怅，一起落在枕巾的绒纹里。

二〇一八年六月十八日

白露记

早晨起来，我打开手机才知道，今天白露。

街上下着小雨，到处湿漉漉的。一场秋雨一场寒，人们都穿上了外套。从乡下来的赶集人，当地一天家用的采购人，打着伞，披着塑料布，戴着竹编的斗笠，挤挤挨挨，熙熙攘攘。这里是县城一角，早年的集市中心，县城已经向东发展了很远，位置上，这里已沦为边缘，但每逢集，依然是最热烈的地方。一街乡俗的味道。

按照我家乡的习俗，白露日，要吃肉。

先买香菇。香菇炖五花肉，是家乡的传统吃法。但在偌大的、这个人称"十万大山一颗珠"的黔北县城，我只发现两处卖干香菇的摊点。炖肉，自然是干菇好。鲜菇倒是有不少卖的，但炖出来，太软太滑，有些水，没有香味和筋道。

我买了一斤干香菇，五十元。其实也不贵，我知道鲜菇变干菇的繁复、艰辛。通常的时候，十斤鲜菇出不了两斤干货，在这个终年多雨的地方，就更加不容易。

卖菇的姑娘见我一下买一斤，露出小小的惊喜。城里人的习惯，都是顿吃顿买，对于香菇这种奢侈物，都是三两半斤地买。姑娘还很年轻，张嘴时，牙齿上有一层白亮的釉光，这是青春的标记。但生活在她的双手上留下了印迹，这是一双轻快的、有些粗糙的手。青春的修复力量和劳动的破坏力量在这双手上同时显现，它们展开拉锯战你来我往，显然，破坏力是当下的胜者。

她灵巧地帮我挑选，过秤，收钱，往袋子里额外又添了两个，最后，摇一摇手，道一声再见。

接下来，买五花肉。

在我的老家商洛，很少见到养猪的人了。农户的猪圈早已塌废，没塌的，做了柴草的堆积处。粮食不值钱，但粮食转化为猪肉的过程太过耗力和漫长，不是风烛岁月的老人们能做到的。年轻人又早已不屑于五禽六畜的麻烦。小镇街上超市里出售的猪肉，据说来自山西。听说，那是苹果喂出的肉。风陵渡以东的永济、临猗、闻喜等地，平原千里，得黄河气候水利，自古为粮果之野，但这些年，许多果子滞销，只能用来喂羊喂猪了。

卖完香菇的姑娘收了摊子，骑一辆单车从我面前驰过。她冲我微笑着摆了摆手，表示告别。雨还在淅淅沥沥，雨水打湿的头发贴在她的前额，风没有把它吹动，倒是吹起了鹅黄的雨披。

这条巷子里，两边有许多卖猪肉的摊子。我选了一位中年大哥的，因为他整扇猪才挂起来，而别家，好多都近于尾声。一刀下去，不多不少一斤，半肥半瘦，白红相杂。这里是猪的侧腰肋，所谓的硬肋部位。

我说："老哥，帮我切成小块，我没你这么好用的刀！"

他应一声："好的。"挥刀切起来，边切边问："老家哪里？"

"陕西。"我答。

为客户切肉，本不是他的分内事。也许，这还是第一次呢。"哦，这么远，不容易！"

他把切好的肉装进塑料袋里，大小均匀，方正。递过来时，我看到他右手那粗大的五指中食指少了一节。按正常的习惯，那本是握刀的手。我突然想起来，他刚才握刀的是左手。这残缺的手指夭折于什么时候？与刀有关系吗？到底是有怎样的故事呢？

肉入锅，小火慢炖，蒸汽与香气充盈了整个房间。

透过窗子，可以看到远处山上，人烟如画。绕山的水田里，水稻显出金黄，收割过的田块，一块块褐色夹杂其中。有人从家走向田里，有人从田里回家去。

一首童年哼过的曲子从我嘴边轻轻滑落——

月明月明光光

闺女下河洗衣裳

洗得小手白光光

190

蒸好馍馍你尝尝

　　这首距这个季节、距这片地理人烟十分遥远的曲子，哼得我心里白露茫茫。

二〇一八年九月八日

北方有佳物

关山万里，因生活与命运的漂泊动荡，我几乎吃尽了中国大部分面食，反倒是离家门并不遥远的岐山臊子面吃得少些。也是因为生活与命运的崎岖，与这片土地总是交臂而错。

二〇一三年春天，我在河南南阳开矿，被炮声震聋了耳朵，在商洛某家医院住院，在一个有些隐蔽的巷子，才第一次吃了岐山臊子面。

这是一对母女开的店，门脸不大，四张小桌，光线幽暗，白天要亮着白炽灯，清光之下倒是十分清爽干净。母亲主厨，女儿服务，食客满堂。那是我第一次听到宝鸡话，稍稍有点硬，它的尾韵很重，以至于中声和重声发音相同。后来从资料上知道，宝鸡话是一种雅言形式，是古代通用的国语。加上她们母女以素色为主的衣着，使这个小店与这座喧嚷的城市脱离开来。

岐山臊子面在中国五花八门的面种里只算小众，名气并不大，我后来见到的岐山臊子面馆，大多是地道岐山人开的。不像那些名吃，总是被伪冒，比如陕西肉夹馍、重庆小面、新疆拉条子，你在别处见到的，并不是正宗的原物。反倒是岐山臊子面因小众，保持了它的纯真性。

面虽小众，并不简单。我特意留心过这位母亲的操作，做汤一环尤为用时用心。

不同于其他面食都是提前熬好了汤、浇头与作料等，臊子面的汤要现做现烧，主料有豆腐、鸡蛋皮、木耳、胡萝卜、蒜苗、土豆丁、肉丁等十几味。顾名思义，臊子就是肉丁的意思。臊子面的配色最为讲究，黄色的鸡蛋皮、黑色的木耳、红色的胡萝卜、绿色的蒜苗、白色的豆腐等材料，既营养又鲜亮。

锅要大，火要硬，倒入清水，旺火烧得沸腾，放入肉臊子。然后将木耳、鸡蛋、黄花菜、底菜入锅，旺火滚沸后用文火小煮，加漂菜。汤要注意色正，即红、鲜、亮。汤味也可以根据客人口味需要微调，但一定会保持酸、辣、鲜基本口味。将热汤浇到刚捞出锅的面上，一碗汤滑味鲜、香美可口的臊子面才算完成了。

据说，岐山臊子面是中国最古老的面种之一，在周秦时代已有流行。山河易碎，人世如幻，唯有它依然在以不变应万变，保持着心性，一直在关中平原和甘陇民间占据着餐桌。

这家女儿大约十五六岁，细声细语里含着羞涩。也许是家里碰到了什么变故，也许是别的原因，母女不远千里来到陌生的地方讨生活。每次端饭时，她怕碗掉地上，用力抠着碗沿，纤细的手指要陷进瓷里去。面刚出锅，很烫，她用力咬着嘴唇。面和汤总是很足，满满当当，在放到桌子上的一瞬，她想快松手又不敢，怕汤溢出来溅到了客人。

我老家丹凤县北山有一种叫汤面的面食,就地取材,自成讲究,我从小时吃到大。汤面与岐山臊子面有些相似,我们又叫它糊涂面,我以为它已经是天下老大,比于岐山臊子面,却是少了麻、辣、酸的鲜明个性。老家人祖上都是从江南的安徽迁来,至今说着一口纯真的安庆话。毕竟渊源不同,少了周秦遗风的丰富与秉持。

我在商洛这家医院住了一个月,打了无数针,吃了无数药,没什么效果,医生也治得烦了,催着出院。出了院,我带着聋了的右耳又回到了南阳,继续干着爆破,直到春去秋尽。这一年,我挣了五六万元钱,又全借给了包工头,他后来在另一个矿上赔得一文不剩,听说后来去了老挝,不知再后来怎么样了。

出了院的当天,我又到了这家岐山臊子面馆。母女忙忙碌碌中泪眼婆娑,店门上刷着一个大大的猩红的"拆"字。开发商拍下了这个片区,要盖高楼。店拆了,意味着所有的投入与心血都将化为零。我要了一份面,依然面白汤艳,却吃得没滋没味。

门外,春尽夏至,这座秦尾楚头的小城,男人女人开始了一年一度的花红柳绿,秦岭吹来的风,吹动他们激情的一天。

二○一四年暮冬某天,一场大雪,高速、国道全封闭,我和伙计被堵在了宝鸡。

出发的时候，晴天万里，我们三人开着一辆皮卡从户县（今西安市鄠邑区，下同）出发，去看甘南迭部的一座矿山。在此之前，老板在那里投入了八十万，因环保整顿，矿口停了整整三年。经过宝鸡时，我想起了久违的岐山臊子面，但天色近晚不敢稍停，车上事先已备足水和吃的。我分不清是取道陈仓—凤县—两当，还是走别的线路，天亮时，到达的地方是一个藏区。

矿口早被人从底部打穿，成群的藏族百姓赶着骡队，一趟一趟把矿石驮运到公路边。机器上能拆下的零件全被拆掉，剩下的壳体锈迹斑斑。老板从洞里出来，没有说一句话。看了看山头上一排高达十丈的云杉，说了句："走吧。"听说山那边就是九寨沟，隔着云彩和重巅。

在大散关，雪涌关道，我们下车搬了一些石头装在皮卡斗里，翻过了山岭。又一个天黑时分到了宝鸡。

老张的饭店不小，位置也好，但那一晚几乎没有食客，我们三位的到来，让他很高兴。以至于我们吃过了饭要找家旅馆住下时，他端上瓜果，摊开了沙发："睡什么睡？我加大炉火，我们谝一夜比睡觉强！"

老张在小张的时候也风光过，在广东开过彩印厂。那时候小张先是给人打工，在印刷间看机器。干着干着，不但学会了各类招牌广告册页的印刷流程，还学会了用电脑绘色与设计。干着干着，心就大了，自招了工人，自己开了厂，当年挣了三十万。再后来，情节如所有的创业失败的故事一样，供货的老板卷了款，跑了路。不同的是，跑了路的香港人给他发了一条短信："兄弟，我欠你七十万，我会永远记着。别人欠了我二百万，我不敢要，人家有人。我有钱了，一定还你。"

老张又回到了出发的地方，像经历了一场环球旅行。这时候他已经四十岁，老婆带着孩子跟人走了。他没有怪她，这时候，老张欠人四十万。

早晨出发时，老张又为我们做了臊子面，他说他拿出了一辈子最好的手艺。

真的是最好的手艺，是我一生里吃到的最好的面食——面条细匀，薄韧似筋，臊子因红油而艳亮，汤味酸辣入口风流，如十八年前，北风递来的人生的良辰。

二〇一九年六月四日

方便面之忆

我之所以还时时记起李婶，是因为她是一个很大方的人。

在我十五岁的那年春天，她给了我一包方便面。粉黄粉黄的包装袋，袋面上印刷着一碗细润淡黄的面条的图案，各种配料点缀，有牛肉与笋丝，它叫华丰。李婶现在与这个沉默激荡的世界隔着一层厚厚的黄土，只有那一袋方便面怎么也隔不住，它时时穿过时间的浓云密雨向我递过来。

那是一个下午，天阴无雨，我背着书包，拎一只空空的菜桶从中学回来。从学校到家有三十里，菜桶被我用沿途的河水洗涮过三遍，洗涮过的带着菜星和咸味的水被我全喝下了肚子，可我还是抵不住饿。关于中学时光，关于后来的悲欣与生死，有无数记忆，唯有饿是最长久的，最深重的，任你怎么挥，它也不去。

峡河经过长长一冬的干涸几乎断流，只在一些拐弯处形成绿汪汪的深潭。芦苇无边，它们从上游铺排到下游，从河心铺排到河岸，白白的芦花依旧如雪，只是早被风吹得七零八落，其中的一些随风、随流水，远走他乡，或成为尘屑的一部分。在途中的一户人家的柿饼串下，我久久停留，它只有两尺长，高高悬挂在山墙上的一枚竹钉上。这家人大概上山去了，初春正是伐树种菌的季节，屋子里没有一个人。柿饼已经风干透，形成一只只小小的黑球，串在一条葛绳上。这是柿饼最甜的时候，饥饿的蜜蜂绕着它飞舞。我捡起石块扔上去，石块准确地打击在柿饼串上，它摇摆了一阵，一个柿饼也没有掉下来，我又捡起一块扔上去，还是无用。

从通村公路到我家是陡峭的山路，千回百转，有三公里。李婶家住在半山腰，正好在我家到公路的中间处。那天她拎着一个布包从屋里出来出门去。后来我知道她是去看望坐月子的大女儿。看见我，她从包里拿出一小包东西，递给我说："娃，婶给你吃个好东西。"

这是我第一次吃到方便面，在最饥饿的时刻。

怕被人看到，我躲进了树林里。树们落光了叶子，地上的叶子厚达盈尺，我躺下去，一半身子就陷在落叶里，这样，我可以看见过路的人而不被人看见。我轻轻把袋子撕开，面饼呈方形，不厚，棱角分明，面条盘绕、循环，无始无终。我努力地去寻找开头和落尾的那个面条头，但没有找到。心里想，这需要怎样的巧手，多少时间才能做成这样精巧的东西呀？

我从面饼的一角下口，嘎巴一声，咬下来一块。它在我的嘴巴里四散开来，我用舌头去舔舐它们，面条的表面异常光滑，但断茬的地方很坚硬锋利，扎得舌尖生疼。这是我此前从没有吃过的东西，心里分析着它的无数种正确吃法。又心生疼惜：这样吃是不是有些暴殄天物，糟蹋了好东西？

两小袋调味包被我藏在口袋里，在晚饭后和邻居一群孩子打小皮球前，我悄悄咽下了其中的一包，另一包打算留给晚上被窝里享用。那一场皮球我打得异常勇猛，我们往一只小竹筐里投送，我一连投中十八个。我在心里鄙视他们：我可是吃过方便面的人啦！

打完球下来，另一只调味包怎么也找不见了。原来口袋从里面破了一个洞。调味包到底丢去了哪里，成了一个永远的谜。

可以尽饱吃方便面，是十几年后的事了。

一九九九年我开始在矿山打工，先出渣工，后爆破工，到二〇一五年因为一场手术离开这个行业，整整十六年。山南水北，边荒不毛，其间洞内工作中的主要填肚物就是方便面。

早晨，天不亮或大亮，一个人扛着一件炸药，另一个人扛一件方便面，脖子上挂一圈导火索或导爆管去上班。我们都称它们为干粮，不同在于一种是喂岩石的，一种则专为肚皮准备。炸药一件二十四公斤，方便面一件二十四包，待到天黑下班，两件皆空空如也。

常常工作面炮孔完成一半时，肚子就饿了，我们便把机器停下来啃方便面。你一包，我一包，开足动力的碎石机一样。有时候工作面有水，有时间没有，咽不下去时，就把钻机上的水管拔下来，对着嘴巴喝。机器用水，通过高压泵做功，里面有一股油味，幸好被方便面的调料味中和掉。混合了辣咸鲜和机油的崭新味道，让腻而又腻的方便面再新鲜一回。

如果岩石坚硬，而机器正好破旧无力，则不敢停下，便一个人操作机器，一个人啃，彼此轮换。岩石构造极其复杂多变，没有经验的，一边啃面一边操作机器，把控不住，碰到岩层突然变化，钻头会卡死或钎杆会折断，结果是一场惊心动魄的忙活。

有一位搭档很久的伙伴叫强子，他一气能啃十包面，连完成的炮孔都有方便面味。他后来得了硅肺病，老婆离了婚，有一个俊巧的女儿每天为他做饭。最后一回见他，他歪靠床头看一本厚书，津津有味，女儿低眉顺眼叫我一声伯伯，那眼里是一片百花凋残的世界。

当然，老板是不会白白为你贡献方便面的，它的成本是计算在你生活费里面的，所以一吃多年，价钱都低，品质都不高。

二〇一二年，我在长白山一隅，一个叫大金沟子的地方，开采铁矿。

我们到的时候，整条沟被挖掘机剥了山皮，袒露出厚达十米的矿石，听说，此前两台挖掘机在这儿工作了半年。我们架设起设备，开始爆破矿石。

矿山离下面有人烟的地方有五公里，山道泥泞又高耸，其间有一道高高的坎台，上下需要手脚并用。我们只有晚上睡觉才会回去。条件艰难，主要的给养依然是方便面。

运输矿石的解放汽车从山下捎来了一箱方便面，需要下到坎台下去背。那天背面的是老贾，那是个雨天。

崭新的螺杆空压机功力无边，它源源不断地向采场提供着动能。三台钻机雷鸣一样，声音与气雾笼罩了整个采区。

当我们听到呼叫，停了机器，到坎前一看，那箱叫福满多的方便面天女散花一样落满了沟底。老贾一定是没有踩稳，从高高的岩坎上摔下去了。长白山春天的满天星正好开了，白花花布满了沟畔，成为一场悲事的背景。

从那至今，我再也没有吃过方便面。

日月如捐，曾几何时，无处不在的方便面被无处不在的外卖替代，喂养过饥馑日子的那些著名不著名品牌或消亡或改头换面，沦为味道记忆的一部分。

人在这个世界上奔跑、生死，头顶尘土飞扬，与无数事物发生关系。如果我们不那么粗心疏忽，你会发现没有一件事物不充满深长的隐喻。

二〇一九年七月十二月

荞花雪白

爬上高高的西沟岭，眼前纷如白雪的荞麦花把我惊住了。

时序正是农历六月中旬，山风恣意。荞麦花从山腰一直铺排到山顶，它们跨沟过涧，纵横捭阖，成为季节的主调。但因为山形地势的原因，它们又是各自成片的，东一团，西一团，大片的有两三亩，小的只有几张席的样子，因地势而赋形，像无数的补丁，随坡度而显出分明的层次，并不像平原地区的庄禾连片无涯。因为各自为体，彼此斗彩，更显抖擞。

这里是甘南迭部县洛大乡，荞麦是这里人们的主粮。

接我们上山的三轮车司机叫马彪，壮硕的藏族青年，脸上两团淡淡高原红，胳膊上的腱子肉要从短袖的衣管里挣脱出来。出乎我对藏族男人想象的是，那一头浓密的头发一根也不卷曲，而且黑到泛釉。在陡峭盘绕的山道上，他把三轮车开到了四五十迈，在一个接着一个拐弯处，车身几乎侧飞起来。我们后来的工队生活里，他是矿上的专职司机，工人们上山下山，生活资料的进出，矿石的运输都由他来完成。

马彪告诉我们，这儿的荞麦主要是苦荞。他指着对面山顶说，山越高，苦荞越好。我猜想，他说的"好"，一定是指荞麦的品质而非长势。远处的山巅直插云雾，天地相接处，有星星点点的牦牛吃草。那里已没有了荞花身影。疑惑间，马彪说，我们也不清楚自家牦牛的数量，一年半载上去看一次，多了，就是生了崽，少了，就是被狼吃了。

说话间，矿山到了。这是我无比熟悉又陌生的世界。

二

这是一座锑矿。

规模小得只有七个工人，五个洞内工，一个外勤，一个厨师。工头在山下乡里租房住，带着一个情人，老板在武都，有另外的工作。他们一个月或两个月上山一次。这是我见过的体量最小的矿山，但工作难度一点也不小。

柴动空气压缩机也许工作了太多年，它的缸体已严重老损，以至于每工作三天就要冲坏一次缸垫。矿洞延伸到了一百多米，已经不敢再延伸了，再往前，山体就要穿了，那边是被藏族同胞奉若神明的神山。因为一直沿矿体往高处开采，洞道跟着垫起来变得陡急狭窄，车子一起步像俯冲的过山车，需要两个人在后面用力拉拽。

原来的两个爆破工已经工作了半年，其中一个有严重的硅肺病，要休息，一个不能再干。我和小康接手。小康是我的徒弟，陕西安康人，我们第一次相识于甘肃天水，后来我们一起辗转过很多地方，他由一个少年变成了一个青年，我由小陈变为老陈。

一半废弃的渣坡被山民们见缝插针地种上了荞麦，得炸药的残末滋养，枝叶异常壮硕，它们顺着坡势一直爬到了洞口边。洞内每爆破一次，就有巨大的气浪卷着尘屑扑出洞口，在荞花上洒一层粉灰，奇怪的是，过一夜，荞花又清洁如初了。山高雾重，夜夜都有疾风吹过。

在每天等待洞内爆破过后的尘埃落定的时间里，我和小康就坐在坡边看荞花。

其实，荞麦花并不都是白色的，也有粉红色的。它的粉红又与桃花的粉红不同，桃花的粉有些轻佻，有些炫耀，似乎是为了别人开的；荞花的粉有些凝重，它们开得心无旁骛，完全是为了结籽，为产出籽实存在。因此，荞花没有谎花，一朵花一定会有一串籽粒相生。荞麦花期很长，从农历的五月一直开到农历的十月，但具体到每一朵，又是短暂的。早开的荞花已经籽粒成熟，后面的还在竞开中。连绵的花开给了人们一副永不凋败的景象。

有事无事时，看荞花成了我们最大的乐趣。

爆破工是技术活，时间尤其充裕，我和小康把渣坡上的荞麦分了一片，东边归我，西边归他。小康有些鸡贼，为了让西边的荞麦压过东边的长势，他偷偷拎出炸药撒在荞麦林里，为它们增肥。炸药属爆破工的内包材料，也就是说他在撒我俩共同的钱。我毫不犹豫扣了他一天工资，只是东边的荞麦再也不是西边的对手。

奇怪的是，我们很少看到这些荞麦地的主人，藏族同胞居住在更高的高处，或者更远的远处，生活在自己的方式和节奏里。偶尔会看到他们骑着摩托车在盘山土路上梦一样飘过。而荞麦也一直按照自己的秩序和节律生长、成熟，并不因为无人照顾而荒疏。

晚上的荞花地是另一个世界。当头一轮明月，又高远，又极近，仿佛触手可及。高山上的月亮要比平原上的月亮高出无数光度。它净得没有一星杂质，与荞花混成一体。

三

矿场扩容，活承包给了马彪。

干活的是一群当地妇女，没有人知道为什么是妇女干活，而且是重体力活。她们带来了两把架子车，几把镐，几只锹，任务是把一片缓坡铲平。原来的矿场满了，需要新的矿场来囤积矿石。对于只有纯体力的一群女人，这是一个有些巨大的工程。

她们前后干了一个月才完成工程，每天中午在我们灶上吃一顿饭。

　　每天早上，她们每人带着一包干粮一瓶水来，那是劳动中的加餐，重体力活，干一阵子就饿了，没有人能顶到饭时。水是白开水，干粮就五花八门了，其中最常见的有两种——荞面饺子和荞面糕，豆绿豆绿的。干得累了，她们便坐下来，烧一堆干草火，围着大口大口地吃。

　　小学时，我尝过这种荞面糕。那是大哥的初中同学带来的。有一个周日下午，他们带着干粮来学校，也不知道出于什么原因，学校突然放两天假，他们要回去，就把干粮袋寄存在我家。他们住在更高的山上，而我家离学校只有两里远。我在其中的一只袋里悄悄掰下来一小块，指甲大小。记得一股清香里有淡淡的苦味。严格意义上说，我从没吃过荞面食物。

　　所有的活计里，挖土、铲土、砸碎石头都不难，难的是拉车，一车土上千斤，山势陡峭，控制不住车子会翻下山坡，下面是看不到底的深沟。拉车的女人叫苦荞，她是其中唯一会说普通话的人。饭熟了，厨师站在门上喊："苦荞，苦荞，吃饭啦！"苦荞脆生生应一声："唉，听见啦！"大家丢下家什，一哄而上。

　　两把架子车轮换着装土，这一车拉走，那一车又满上了，苦荞专门负责拉车倒土。苦荞有永远使不完的力气，车到坡边，她两臂猛地一抬，腰身猛挺，一车土哗地就倒下了山坡，车子停止得恰到好处，不前一寸不后一寸，接着再一拧背，车子就收了回来。她总包一顶点缀着荞麦花点的绿色头巾，热汗气沿着头巾边缘冒出来。

干重活的人都能吃，工人灶上主要吃米饭，炒土豆丝或拌黄瓜下饭，女人们都能吃两碗，菜总是不够。苦荞不好意思去抢菜，端一碗白米饭坐在角落吃得津津有味。爆破工有专门的菜盘，我和小康吃不了，就招呼她来夹菜。她怯怯地好久不敢伸一下筷子，越劝，越不敢动筷，连嘴也不敢大张。她眉宇那地方，有一粒痣，因羞怯而暗红。

听马彪说，苦荞是个苦命的女人。三年前，丈夫在合作市做建筑工，腰上套一根绳子，给高楼刷墙外漆。有一天，也不知道什么原因，绳子断了，人像断了丝的蜘蛛一样摔了下去。工头跑了路，没有赔到一分钱。她有一个女儿在迭部县城读初中，成绩年年班上第一。

农历八月十五，荞麦熟了，矿场也完工了。

藏族同胞从四面八方下来收割荞麦，他们赶着牛车，开着三轮，骑着摩托。深秋了，甘南的山色依旧苍绿，只是山雾已不再那么厚重。山巅从云里露出来，矮小的高山植物、牦牛群朦胧又清晰，仿佛天外之物。据说，山那边一侧，就是千丈雄关铁尺梁。

割倒的、已晾晒干的荞堆上，荞花依旧如雪，它们星星点点，由根又至梢。待到了农历十月，山风彻底把它们风干，经过碾压，它们彻底与荞粒分离开，成为牛羊越冬的头等饲料。

我感冒了，烧到了四十度，两天里，自挂吊瓶，粒米不进。一天傍晚醒来，浑身汗透。外面一阵三轮车突突响，小康推门进来，一片清辉跟着挤进来。他拎着一个头巾包裹的包，说是苦荞专门托人送来的。打开来，是一卷荞面卷，一杯荞花茶。荞面卷纤薄，掺了鸡蛋和葱花，细匀、稀朗，渗透在荞面墨绿的颗粒里。玻璃瓶里的茶还温热，荞花在茶杯里浮沉游荡，依旧保持着总状花序的姿态。我咬了一口饼，喝了一口荞花茶，感到一股说不出的清香，一股苦涩。这是我平生里第一次真正尝到荞麦的味道，它出自一个苦命善良的女人之手。

从二〇一二年农历六月至二〇一三年农历四月，我们一群异乡人经历见证了西沟岭上长长时光的轮转。人生如寄，只有那轮咫尺的、美到无与伦比的月亮依旧在，而遍山的荞花，是另一种月光。

二〇一九年七月十五日

北京的鸟

比于那些无比显赫的时光与事物，我常常记住的是那些可以忽略的鸟。

据说，北京有记录的鸟类有五百多种，占全国鸟类总数的三分之一还多。作为仅仅在北京漂荡了不到两年的西北人，倒没有太多关注到它们的种类，我看到的是它们庞大无比的数量。比如麻雀，有时一群就有数千只，在苍蓝或灰暗的天空上像一张撒开的网，从金盏乡皮村的温榆河畔，到北边遥远的凤凰岭之巅，它们的影子和声音无处不在。

一

距皮村不到一公里的温榆河，据说是京杭大运河的重要源头之一。这里是鸟类的天堂。

我曾搜索过温榆河的历史，它最早见于文字是在《汉书·地理志》，北魏郦道元《水经注》对它的源流与支派有过详密考证。元代时昌平镇成为京北交通要道，温榆河通过漕运，运送过兵戈与粮草。总之，它宏大过，辉煌过，滋养也遗祸过两岸无尽的人烟。二〇一六年春天，我第一次见到它时，它水波不惊，静静东流，早载不动舟楫与时代的忧愁。

那是个下午，我照例地去皮村通往温榆河的水泥路上游荡。这是我每天在皮村工友之家完成各种活计之后的主要课程。这是一条安静的小路，两旁是高大得一个人抱不过来的青杨。时值四月，杨树叶子翠绿得油浸过一样。有太阳的时候，它们在地上投下巨大的阴影，如果下阵暂短小雨，下面则难觅湿迹。那天，顺着路，第一次就走到了温榆河边。

时间正是旺水季，它茫茫苍苍，虽然已经苍老，但气势还在。河堤下长满了芦苇，这是芦花的前身，比于水流，它们要盛大激荡许多。我心生可惜：要是有一群牛或者羊来啃噬多好呀！

河岸天空飞满了燕子。我在别处见过无数燕子，一般都是黑身白尾，独有这儿的燕子是纯黑色的，我努力地用眼睛去捕捉它们颈上或尾上的那一圈白，但是没有找到。终于，有燕子落在了堤上的柳树上，柳枝婆娑，我悄悄靠近它，真的没有看到。后来查了资料，知道它们是燕子的一种，叫雨燕，也有称塔燕的。我至今诧异的是，在漫长的温榆河边，我没有见到一座塔，它们飞来飞去的时刻也与雨无关。

一群麻雀从温榆河对岸飞过来了，它们像一张巨网，但一点也不规则，忽而变成长圆形，忽而变成正圆形，忽而什么阵形也不是，像一片随意飞翔的绸布。有时紧密，有时撒开，谁也不知道它们变阵的理由和规律。与别的鸟类鲜明的不同在于，麻雀在空中飞行疾快，不是觅食，也不是迁徙，似乎是一种操练，一种集体互动。对于生存，每个物种的每个个体都需要机敏、快捷、强韧的能力，麻雀无疑更加需要：它们太弱小了。

在顺义，在昌平，在八达岭，甚至闹市街区，麻雀的群体无处不在。三五个，三五十，三五百到三五千不等，它们尤以秋天最见活跃。我常常想，世界上大概只有麻雀是为秋天而生的，它们喳喳的叫声，它们苍灰的羽毛，惊慌又淡定的一举一动，是同秋天匹配的。它们把秋天一寸寸往深处推进，直到上天铺上一场场大雪把一些生活埋藏。麻雀是人间最灵动、不羁、辽阔的诗句。

二

云鹬是地坛进入十月后天空里的常客，我像喜爱《我与地坛》一样喜爱、窥探过它们。

地坛是我走南闯北见过苍柏最多的地方，让人最惊异的当然是它强大的生命力，其中有数株标明是周柏。周至今三千多年了，多少人事化作了风尘，甚至连风尘也消散了。这些苍柏是历史真正的穿越者，它们并不见证和记录什么，在它身上朝夕相亲的，是那些比风尘更坚韧的鸟。

二〇一五年接近年关的一天，一场漫长熬人的活动终于结束了，离开这座巨大到让人害怕的城市前，我一个人到了地坛，为留恋，也为缅怀那位写下动人心魄的文章的先生。

这一天，并没有多少游人，或者是天气太冷了，或者这里并不是一个让人快乐的地方，或者还不到时间。我穿过了一道道门，四下无人，新修的院围内不见绿色，只有苍柏与不知名的群树在墙外四拢。我在一只巨大的石头香炉里点燃了一炷香，三揖三躬，默念先生。香炉早已灰冷，燃烧未尽的香头已显陈色。

忽然地，几只鸟从树丛间飞起，在湛蓝的天空上如同突然的一笔特写，又似不经意的闲笔，是云鹞。它们在天空盘旋，又高远又舒展，翅膀几乎不动，在转弯时划出斜斜的弧线。它们似乎要在另一片树丛里降落，几只喜鹊穿插在中间，扑打、驱赶着它们。云鹞并不愿恋战，似乎并不屑于跟它们理论。对于喜鹊，云鹞当然是过客，它们有自己的地盘，有自己的习性。它们是高天孤侠，有足够的傲气。

盘旋又盘旋，太阳在它们的翅膀上打上金光，翅膀边的薄羽近乎透明，随气流颤动。许久，它们飞远了，在苍柏的顶梢处消失了。云鹞属于鹰类，不与人类为伍，只偶尔属于高及天空的树冠，比如苍柏。

没有人懂得云鹞，像没人懂苍柏一样。

回到宾馆，我写了一节小诗，《地坛》第一节：

一丈围墙　百棵苍柏

三五个心怀叵测的人

这是我到过的地坛

进门的时候

纷飞的林鸟正为落日

添加最后一块铁

三

在北京，乌鸦似乎只属于郊外。

那一天在凤凰岭景区，当我们打开最后一只绿皮募捐箱时，太阳正落下山尖。这里是皮村工友之家公益机构所安置的最远的募捐箱了，被捐到箱里的衣物、各种闲置物品会被定时收取，清理整合后再被捐献给更需要的人和地方。二〇一六年我大多数时间在做这项工作。这天，开车的是四川人老吕。

落日在山后打出最后一片金光，均匀地铺排在天空上，极望远处的北京城，已经是一片灯火世界。落日的余晖与直指天空的灯光进行着最后的交锋。天就要黑了。

一群乌鸦在我们头顶的核桃树上呱呱乱叫，它们斗架、争吵，跳上跳下。募捐箱装得十分实在，而取物口很小，北京的交通又极其复杂，我和老吕急出一头汗。他捡起一块石头扔向树顶，它们惊叫着飞走，不一会儿，又飞回来了，他故技重演。我不知道老吕怎么想的，他是否想到了关于乌鸦的各种不祥传说。我的理解是，夜长如年，饥饿的乌鸦将无枝可依，怎能不在日暮将尽时热闹一阵。仅仅是为了热闹一阵，狂欢一阵，像那些穷人的孩子。

回城的路上，我们谁也没说一句话，导航仪显示，距皮村七十公里。老吕紧把方向盘，开得异常小心。他紧抱方向盘的姿势紧张又舒心，仿佛抱一个婴儿。

那一刻，我突然想起我也这样抱过一个人：苍远的天空下，玉米收尽，而豆类要等着带着冷气的秋风吹熟。在地边高高的地坎上，我抱着一个女孩，一天又一天地坐着，看鸟起鸟落，等待大人放工回家。她娇小，饥饿，哭泣或一声不语。她是我四岁的妹妹。九年后，因为一场并不致命的病，她的生命永远留在了十三岁。

四

从马各庄尘土飞扬的家具作坊出来，我们第一眼发现了戴胜。

同行的辽宁女孩小赵指着一棵白杨树惊叫："戴胜，戴胜，快看。"循指望去，在稠密的树叶间，果然有一只娇小若花朵的鸟。

因为很近，看得十分真切，它不停变动着身体，仿佛在配合我们的观察。它的头、颈、胸呈淡棕栗色，羽冠色略深，并且各羽端呈黑色，在后面的黑羽端前又呈白斑。胸部呈现淡葡萄酒色；尾上覆羽基部白色，端部黑色，部分羽端缘白色；尾羽黑色；各羽中部向两侧至近端部有一白斑相连，成一弧形横带。上背和翼上小覆羽为棕褐色；下背和肩羽为黑褐色而杂以棕白色的羽端和羽缘；上、下背间有黑色、棕白色、黑褐色三道带斑及一道不完整的白色带斑，并联成的宽带向两侧围绕至翼弯下方。这是上苍的用心之作，任是妙笔难画。

整个六月，我们都在做农民工生活工作现状调研，以皮村为中心，辐射状地走遍了附近的大小工厂。我说的我们包括山东的小路、内蒙古的老王、湖北女孩小点儿。他们是工友之家的工作人员，这样的调研每年都有一次，而我，是第一次参加这样的活动。在酷热里，我们走过一个又一个村庄。我惊奇地发现，在这些大大小小看似平静的村庄里竟是一片工厂世界。从家具厂到玩具厂再到电子产品厂无所不有，且不乏高端的制造厂。当然，也有数不清的泪水和故事。

那天之后，再也没有见过戴胜了，我以为再也看不到了，谁知有一天又看到了它。

李小毛是专为家具雕花的工人，我不知道这个工种准确的叫法是什么，反正这是项技术活。他说以前在深圳干过铁艺和设计，经老乡介绍就来北京了，一干三年。这个工作不仅需要会操作电脑，很多时间也需要在木件上动手，面对锋利的钻头和刀具。有一天，他受伤了，手掌被钻穿一个洞。

我们到李小毛租住屋的时候，他正在院子里乘凉，穿一件大裤衩，一只手被纱布包裹得像一只纺锤。疼痛已经过去，但伤口愈合需要长久时间。他的爱人在另一家工厂上班，要天天加班到深夜。

说话间，屋檐上落下一只绒球一样的小东西，是戴胜！

与那天见过的那只比，这只戴胜的毛色显然不同，个头也大了许多。从屋檐飞到院墙，从院墙飞到临时电线上，长长下午，它再也没有离开我们。

出门时，天空一声炸雷，接着一场疾雨。据说戴胜只有育卵时才有临时的巢，不知道这天它在哪里避雨过夜。

二〇二〇年四月十日

安全帽的那些事

十六年，它们像我头上变幻无定的发饰，陪伴我生活的阴晴圆缺。

一

第一次接触安全帽，是在一九九九年春天的秦岭河南段老鸦岔。

天蒙蒙亮的时候，车终于到了。车门打开，坐在门边的人，像石头一样滚下去了，掉在了渣地上，发出了沉闷的噗的一声响。掉在地上的人这时才清醒过来，从地上爬起来，"妈呀"一声，一边拍打身上的渣土，一边向着渣坡边上跑过去，他要去那边撒尿。车上的人，有的打着鼾声，有的努力伸胳膊蹬腿，吉普车身因为众人的动作摇晃不已。三百里路云和月，大家实在是太疲惫了。

大牙离了方向盘，冲着亮着灯的工棚喊了一嗓子："毛丫，快起来给老子做饭。"彩条布上立即映上了一个瘦瘦的身影，身影回了一句："听见了！"场子边上一排竹竿挑着的灯泡一下全亮了，照得渣场如同白昼。

人们全都下了车，站在空旷的场地上，影子被灯光长长地涂在了山体的坡边上。天光从东边的陈耳岭上打过来，岭上树木、石头影影绰绰。背光的地方还很黑暗，辨不清都是些什么树，山势高低陡缓，错落杂乱。而更高处的裸岩已经显现出白花花的质地，像谁拉下的一道道帷幕。

季节已经是四月末了，空气竟凉得像冰冻过似的。大牙说："让你们多穿点你们不信，这下知道厉害了吧？说不定过些天还下雪哩！"

靠东的工棚人去屋空，一股汗腺气还在。工棚不小，左右对头摆放一长溜床板，中间还余下一条二尺宽的人行道。头顶的竹竿上满是铁丝做成的铁钩，用来挂衣服和背包。几只高挂的塑料袋里是感冒药、牙刷和筷子，那是前一茬工人落下的。

我在门边抢了张床。天大亮了，山雾升腾起来。

大牙抱来一只炸药箱子，里面是十几顶安全帽。大牙说："每人一个，头大的用大号，头小的用小号，不合适的找我换。石头不长眼，想安全，上班分分钟都戴着。"我从来没见过安全帽，竟然是柳条编织的。很轻，拿在手里，像拿着一只塑料碗一样轻。它只有竖的经，没有横的纬，细细的尼龙绳把它们穿缀在一起，尼龙绳很松，柳条与柳条之间有缝，因而整个帽子显得松而垮。

帽檐寸许，怕松散，缝了一圈帆布，帆布是黑色的，与帽色的反差有着某种说不出的谐意。

大牙说："先吃饭，吃了饭就在这儿开个会。今天就不上班了，大伙熟悉一下接下来的工作流程。"

大牙是我们这群人的工头，他招募并领导我们，对我们负责。

二

第一天上班，大家戴着各自的安全帽，像一片蘑菇头，白花花地晃动，拉着空架子车丁丁哐哐往洞子里走。我们是车工，主要是把爆破下来的矿石或毛石从工作面拉出来。

巷道长得没有尽头。一路没有路灯，每人一个手电。一九九九年，还没有循环充电的手电，手电需要天天更换电池。矿上规定每个手电两天一对电池，大家都怕匮电，一路上，你闪亮一阵，我闪亮一阵。许多地方低到要弯下腰才能通过，那是天板上的压力造成的。安全帽撞在巷道顶上，咔嚓咔嚓响。因为没有帽带，不时有人的帽子被撞掉在地上，伸手摸一摸头，还完好。

工作面刚爆破结束，烟尘滚滚。大牙用手电照着一堆石头说："今天的任务就是把这一堆石头拉出去，什么时间拉完什么时间下班。"大牙的手电比我们的长一倍，里面装着四节电池，光亮无比。

两只灯泡挂在工作面，昏沉无光。这是一堆体积巨大无比的碎石，它的形状就是巷道的形状，与顶板仅有一尺多宽的缝，看不清自哪儿起始。大家开始装石头，铁质的车箱每装进一簸箕石块就丁哐一阵。三人拉车，三人装车，下一班再轮换。

　　热得不行，装车的人开始扒外套，开始扒上衣，接着又扒了裤子，身上水泼过一样，汗水顺着帽边往下滴，但没有人敢摘帽子。大牙走时交代过了，谁摘帽子，罚款五十元。

　　春子肥胖，热得终于顶不住了，把安全帽摘了，放在道边。大家都提高了警惕，如果发现有人来，立马替他抓起帽子戴上。直到下班也没有发现人来。

　　石头装到快结束的时候，发生了一件事，春子放在道边的安全帽被重车压碎了。本来也压不着，拉车的小子为了快一点，使力过猛，车背带断了。突然断了背带的重车没被控制住，车把落下来，砸在了春子的安全帽上，一下砸个稀碎。

　　大牙说不戴安全帽罚款五十元，大家猜，那碎了安全帽一定罚得更多。春子一下急得哭了。大家替他想办法，去废弃的巷道里另找，找了五六条巷道也找不到。春子说："你们先下班，我自己找。"大家说："那大牙问起来咋说？"春子说："就说我肚子不好，拉肚子。"我说："大家都回，我陪春子找。"

　　我和春子出洞时，已经月上半空。我们在一个采坑里终于找到了一顶，它漂在一潭绿汪汪的深水里，也不知道漂了多少年了。

我们把它捞上来，它当顶部分的尼龙绳已经沤烂了，只有边缘完好。春子说："没事，我回去用线纳一纳，能戴。"

那一夜，我们都睡了，春子就着手电光纳帽子。我睡了一觉醒来，起来撒了尿，他还在纳。柳条被水浸得变了颜色，春子一根根用刀刮上面的黑迹，但怎么也刮不白。

月亮落下去了，山雾升起来。一阵风撞了一下工棚的门，像一个人探头望了望。

三

柳编帽一定不是第一代安全帽，也肯定没有被彻底淘汰，但在后来的视野里，它确确实实退出了矿山舞台。从长白山到喀喇昆仑山，从太行山到祁连山，我再也没有见过它们了。

改性聚丙烯塑料安全帽开始登场。

塑料安全帽形制都差不多，安全性能整齐统一，但颜色却五花八门，赤橙黄绿青蓝紫都有。矿工们喜欢戴红色安全帽，鲜亮、喜庆，走差了道，凭那耀眼的红也容易找到。而管理层喜欢戴黄帽，有庄重威严感。但若是矿坑规模大，人多，戴什么颜色的帽子，就由不得你任性了。这当中，发生过许多故事。

有一年，在马鬃山，几百人的大矿口。我在那里干了半年。

马鬃山，甘肃和内蒙古交界，风吹石头跑，帐篷没有顶过两年的。几百人，来自天南海北，下班了，豆子一样洒出来，上班了，豆子一样泼进去。为了便于管理，就用不同颜色的工作服和安全帽来区别。我们来得晚，颜色都被人占尽了，只剩下绿色留给我们。

绿，是男人的大忌，好看不好听。工头说，没有办法，大家将就戴着，待我们干出了名堂，换颜色。但大家都不愿将就戴，上班下班途中，都把它抱在手里。因为这，没少被安检队罚款。后来，工队被几次评为先进生产单位，才把绿帽子甩掉。

与改性聚丙烯塑料安全帽同时流行的，还有另一种材质的安全帽——胶布矿工帽。胶布安全帽，黑色，宽檐，结实，厚重，有点像锅式钢盔，差别在檐没有那么宽，主要也是用不着那么宽，毕竟佩戴性质不同。

二○一○年，我在延安蟠龙，三个月，我们把岩巷掘进了两百米，轰动一时，佩戴的就是黑色胶布安全帽。

那是十月份，冬天还没真正到来，但陕北已经是苍天枯地了。没摘完的苹果挂在荒坡边的树上，一夜风来，冻得半冰半熟，啃一口，说不出的味道。下了班，大家天天去摘这怪味的苹果。

工队里有一个小伙子叫康成，他是湖北咸宁人。他认识当地一个女人，女人叫小娟，在矿上不远的地方开一个小店，卖日用生活品。

不同于黄土高坡女人的高大泼辣，小娟是个小巧的女人，话少，有些忧郁。她的丈夫三年前死在了另一座矿上，死人就埋在了小店后的山坡里。小娟每月去看两次，农历的初一和十五，点一炷香，放一挂鞭。有时哭一嗓，有时不哭。

小娟有一个心愿：要给丈夫配一顶帽子，新的，有汗味的。走的时候，那个年轻的男人光着头。三年了，这个心愿一直未了。

一般矿上对安全帽的管理有两种方式：工人自己出钱买，可以随便戴；矿上按人分配，只能工作中戴，人走交回。这家矿的管理方式属于后者。康成说："把自己戴过的帽子给死人戴，不吉利，我还没结婚呢。再说，管得紧，我也没有第二顶呀。但是，你看小娟又那么可怜……"

一天，去一个镇上赶集，我偷偷买了一顶安全帽。我把戴了一个多月的帽子拿给了康成，说："给小娟拿去吧，就说是你的。"

两个月后，我离开了延安。

又两个月，康成打来电话，说他和小娟要结婚了。又说，谢谢大哥玉成。

我给他们汇去了三百元贺礼。那时还没有微信红包。

四

二〇一五年春天，因为一场手术，我彻底离开了矿山。

有时候，半夜醒来，我看见我戴过的、看到的，那些柳条的、胶布的、塑料的，那些崭新的、破旧的、变为碎片的，那些红色的、白色的、黄色的安全帽，从四面八方飘啊飘，它们归拢复散开，散开复归拢，无处安放，仿佛豢养多年又走丢的狗儿。

后来，那些更加结实、美观的安全帽，那些玻璃钢的、聚碳酸酯的、ABS 塑料的、超高分子聚乙烯的，在矿区、在工厂、在建筑工地大行其道的后来居上者，我仅仅是在电视里见过，或听别人说过。

昨天，我当年的哥们儿刚子，戴着一顶迷彩钢化安全帽，站在塔吉克斯坦苦盏的一面山坡上，笑得无比灿烂。他的身后是碧波荡漾的凯拉库姆水库。

巧的是，那阵子我正在为我扎下的草人戴上一顶黄色塑料安全帽。它将为两亩地的玉米守责。那是我从矿山工地带回的众多帽子中的一顶。草人样子夸张，表情滑稽，一点也不像我当年的模样。

二○二○年五月十一日

小 伍

　　南疆阿克陶县境内有一条河，叫叶尔羌河，就像我老家的峡河，一路涸盈路过了无数地方。我查了百度，一条不怎么认真的解释：叶尔羌河长九百七十千米，源于克什米尔北部喀喇昆仑山脉的喀喇昆仑山口，上游呈深切的峡谷，穿过昆仑山系的山区，成为克什米尔与新疆之间一小段边界。

　　在一段河流旁边，一个靠近山脉的地方有一个维吾尔族村庄，叫库斯拉甫，它看起来不小，沿叶尔羌河排出一里多长。我问过一家商店的主人，他说村子有三千人口。要知道，这是真正的不毛之地，三千人如果在戈壁上排起来，那是另一条浩荡的大河。村庄的背后山上有露头的煤，村民们自采自用。那煤坑，在裸露无边的苍黄山体上，像一片膏药。有一处终年冒着蓝烟，那是地煤燃着了。我们工队初到时也派人采过几袋，煤质太坏，煤烟把炊事员熏得像女儿出嫁。

　　二〇〇六年春天至夏天，我在距这条河十里远的一座矿山打工。山上没有水，生产生活用水要到叶尔羌河里去拉。开车拉水的搭档叫小伍。小伍是四川人，本来不是我们工队的，他属于另一个团队——索道工队。大家都要用水，又没有多余的车，节省成本，我们就顺理成章走到了一起。

叶尔羌河浑莽浩荡，到了这一段，地势跌宕，它无法无天成了野马。我总是担心，哪一天河水一犯浑会把水车带走。一车水三吨，要抽两个小时，抽水的空隙，我和小伍就沿着河边去找玉石。据说喀喇昆仑山上有数不清的玉矿，被流水带下来，沿途沉淀，有很多玉留在了河边，或埋在了河床下面。库斯拉甫街上有很多小商店，家家都有玉石出售，像卖馕饼一样。

在春天，叶尔羌河水冰冷得很，有多冷？如果脱了鞋，伸进脚去，就像光脚走在雪地上。光脚在雪地上走，这样的体验估计很少有人有过。我有过经历，说起来话长。这样说吧，那感觉像针在肉上扎，不是一根针，是无数根，不是一下扎透，是震颤式的。开始时，我不敢靠近河水，除了怕它的冰冷，更怕它的汹涌澎湃，一个浪头，打出几十米远，朽木被折为两段。小伍不怕，他是江边长大的。

可玉石只有水边有。估计离水远的地方也有，但被人捡过了，或被沙石埋住了，轻易找不到。靠水的河床，得水力冲刷，分分秒秒是新的，玉石无处躲藏。不过，我和小伍运气都不好，从没有捡到过玉。叶尔羌河里的石头，美得没法形容。不说色彩，那石质光洁得天下少有，比如那墨色的石头，有大有小，散落在一摊五颜六色的石头中间，你伸手拿一块，既沉又滑，细腻得不抓紧就会从手上溜下去，像不愿跟你走的人。

寻玉寻得久了，我变得一点兴趣也没有了。玉对寻玉的人，仿佛一个传说，近在眼下又远在天边。小伍说，运气总会有的。我在河滩上躺着，抽水，看景，他依旧去沿河寻找。有时水抽满了，他还没有回来，我也懒得等他，把水泵关了，把车开到街上转一圈。街上全是石头房子，仅一人高，屋顶和外墙涂着泥土，院子里搭着葡萄架，屋里怎么样？我从来没有进去过。水泥和砖离这里还十分遥远，街道一层细土，一阵风一阵尘。袅娜的女人走过，围着头巾，看不见脸。经常有匆匆的马队走过，不知道他们从哪里来，到哪里去。

春天走了，夏天来了。叶尔羌河变得更加澎湃，像一河破碎了的蓝玻璃在奔腾。所有的雪山都开始融化了，河水常常裹挟着树木、牛羊，浩荡而去。河边寻玉的人多起来，有人开着吉普车，有人骑着马和驴子。驴子最有意思，个头矮得像一头羊，主人骑着，远远看着，像长了六条腿。有人沿河往下走，有人沿河往上走。有一个说法，说在叶尔羌河的上游某个地方，有个神秘的玉矿，墨玉、翠玉、羊脂、玛瑙，应有尽有。很多人骑着驴子往上走，驴子累死了，没有一个人到达那里。

小伍说，哥，我一定得给你找一块玉。我说，我不要，你要是喜欢，就去商店买一块。小伍说，那不一样。

库斯拉甫街上的人们收割了小麦，开始种玉米。这里的土地很少，地块也不大，他们用一根杨木棍架在两头牛的脖子上，赶着牛耕地，吆喝声，我们听不懂。绵延无尽的苍黄颜色间，库斯拉甫被一片杨树林围着，青杨一棵棵往天上长，叶子绿得要滴下汁来。树下，有桃，有杏，有桑树，此时，桑树的果子还青，但都有了模样。三个月前，这里是花的世界，我们到的那天下午，从车窗上看见一片粉色的云笼罩着叶尔羌河的左岸右岸。

矿山的工作终于正常了，索道已经架好，天堑变通途，所有的设备都已到位。拉水的活将由别人接替，我要回到自己的岗位。

那一天，我们出发得特别早。从矿山到叶尔羌河十里远，没有公路，车子沿着一条河走。野骆驼们在河边喝水，闲走，啃一种叫野西瓜的藤蔓植物。小河的水苦涩异常，只有野骆驼能喝。野西瓜的藤比西瓜藤瘦小，上面开满黄色的小花朵，小瓜也长出来了。这是这里唯一的植物。小伍一边尽可能绕过它们，一边说，哥，今天看我的。我知道，他说的是玉石。

水车抽着水，我在一片细沙上躺下来。细沙来自千山万水，经过淘选，好看异常：细辨，那些粗粝的部分，白的如雪，黑的如墨，黄的如金，他们自然天成地掺在一起；粗看，又都是白的。天蓝得又高又空，一丝云都没有，如果有云，那也是蓝的，它与天空融在一起，没法分清。感觉天空在走，又感觉是静止的。河边有人寻玉，有人捕鱼。据说叶尔羌河里有一种无鳞鱼，一年才长一两，珍贵得很。见过捕到鱼的，没见过捕到这种鱼的。

天色到了中午，还不见小伍回来。估计他到了很远的上游去了。那里河狭水急，人迹罕至，据说有人在那里捡到过好玉。有几次，我俩走了一段，又返回来，除了累，还有莫名的怕。

我把水车开到街上。街上设了检查站，这时美国与阿富汗正打仗，说是有人要逃过来。街旁的杨树下有一排排杨树做的毛糙的长凳，有人伸着懒腰，有人睡得人事不知，有人扎成一堆，吵吵闹闹。街上有一所双语学校，放学了，一群孩子跑过来，一位小女孩冲我说：你好！

在街尾，一群人围着一个人。他们把他的双脚拎起来，人头朝下，要从他嘴里倒出什么。我扒开人群，是小伍！

小伍的嘴里吐出一摊水，脸色红润过来。我和这群人都知道，小伍活过来了。我听不懂人们的话，我猜测的情况是：小伍落了水，被人救了上来。我把小伍揽在怀里，掐了一下他的人中。他的人中上有一层薄薄的绒毛，他还是个孩子。

小伍的手心里攥着一块东西。

天高云远，远处，山顶上的雪线反着光。一只鹰，像一片树叶落下去，飘起来。那里，是玉和云的故乡。

二〇二〇年十月十四日

果　客

爱人做了三年果客了。

第一年在阿克苏，第二年在天水，今年，在渭北高原。她和她的姐妹们像一群候鸟，九月远行，冬月归来，苹果园是她们落脚的湿地。业为时而失，比如麦客，业为时而兴，这就是果客。

二〇〇八年在河南灵宝五亩乡，机缘巧合，我曾和一群果客有过一段交集，这也是我迄今唯一一回见证果客的生活。从那时到现在，行业与生活有别，有时近在咫尺，却再没有见过这个群体，但每次拿起一只苹果，我分明能感觉到果客们的悲欣和手温，看见她们在北中国的大地上辗转、流荡。

五亩有两家水泥厂，一家在路左，一家在路右，隔着一百多米距离。巨大的烟囱升腾的浓烟不分彼此，铺排在共同的天空。那时候的五亩暗无天日，空气中充斥着呛人的煤灰味道。（听说，这两家水泥厂在后来都停掉了。）水泥生产需要源源不断的原料，我们一群人在后面的山上打石头，给拖拉机装含硅的沙料。

五亩这片黄土台地离秦岭不远了，但地貌是与之完全相反的，塬上光秃秃的，几乎寸草不生。泥土含盐碱太重了，只有在沟沟峁峁塄坎边上生满坚韧的酸枣树。酸枣从河西走廊蔓延到东北的白城，铺满了整个北中国，到了中原尤为繁茂，有一些，也正好做了苹果园的天然篱笆。那时候，我们夜里偷苹果，不怕天不怕地，就怕酸枣刺。

灵宝苹果有些名气，但成规模的园子集中在寺河山一带。五亩的果园随地貌赋形，东一片西一片，有五六亩的，有三四分的，不成气候。园子大的，会专门管理，小的，就看天吃饭。到了采果季节，有些人家果子多，摘不过来，就临时招一些果客。果客们也不远，有当地的，有陕西的，也有四川的。年长的，沉默寡言，年轻的，花枝招展，其中极少有男人。

采石场对面是一片果园，有十几亩大小。我们到的时候，苹果树正开花，特别好看。远远看着，像一片浮动的粉白色的云彩，它们从天上下来，停在了那儿，离地三尺。它与我们隔着一条大沟，下了班，大伙没事干，就往对面扔石头。几个年轻人，把胳膊抡圆了，石块在天上画一条线，有的落在半沟里，腾起一股细尘，有的落在了对面篱笆上，引起一阵狗叫。开拖拉机的毛毛当过民兵，练过投弹，他能把石块送到苹果树上。

九月的苹果园是最美的，苍黄苍黄的天空下，它们像一群揭竿而起的反贼，喧喧嚷嚷。这时候的天，远得没边没际，偶尔一片云飘过来，白成了丝绢，把塬下一群散乱的羊衬托得更加污脏。我们恨死了那些红灯笼似的苹果，因为总是吃不到，就把炸山的炸药装填到了十斤，轰的一声，天空飞满了乌鸦似的石块。果园那边发出一阵求饶声："好爷咧，等我把果子收了再放大炮行不行？"夜里我们再去偷果子，再也没有狼狗咬人了。

果客们是一天晚上突然来到的。早晨起来，大伙去沟边撒尿，突然听到一片叽叽喳喳声，是一群女人！她们有的在园里走动，有的上了树。园子像突然多出了好多苹果。我们一些人赶紧背过身子，有的干脆把尿撒得更高更远，晶亮亮的尿液随风一吹，做珠帘散，飘飘荡荡落进沟底。

打石头、装拖拉机的活异常繁重，一拖拉机装三吨，一吨三元钱，不繁重挣不到钱。我们一个人从早到晚要打要装十到十五拖拉机。说起来现在的人可能都不信，有人一天装过二十拖拉机。人像海绵，只要挤，总能挤出水来。自从对面有了果客，大伙更有力气了，谁装够了十来车就下班，坐在沟边看果客，看女人蝗虫过境，把红云似的苹果变成自己的收成。

听爱人说过，果客的收入是论斤计算的，摘得多，收入就多，摘不到就没有，所以没有一个不努力。我们常常还没有起来，就听到了她们的说话声，等我们上工，她们有人已摘了好多筐。苹果娇贵，摘起来要十分用心，要在筐子里垫一层纸或布，轻摘轻放，果子囫囵了，才能卖上好价钱。有人不小心，果筐摔下了树，园主会狠狠扣钱，扣多扣少，主人说了算。有一年在鄯善火车站，一个年轻女人抱着头哭，周围的人问，才知道她摔坏了一筐葡萄，被园主赶了出来，扣光了工钱，回不了家了。对面的园子每天都有吵闹，不知道是不是有人被扣了工钱。

黄昏前的天好看极了，是一种瓦蓝，瓦蓝瓦蓝的天又近又远。云在西方聚集起来，它们要迎接太阳的沉落。靠近太阳的部分被落日的余晖打上了金色，金色的色度又分着深浅和明暗。那些远的，像一辆辆拖拉机拉着棉花在奔跑，这样的情景我在北疆见过，只是天空上的拖拉机不是少了轮子，就是少了车头。

果客们也开始收工了，有人从树上下来，身手像猫一样敏捷；有人担起果担往回走；有人在地上烧起一堆火，一些人围着烤火。九月末的天，早已有了寒意。她们知道我们在看她们，她们也看我们。人间遥远，这样看着看着，人就近了。那边有人喊："大兄弟，过来吃苹果呀！"我们就回应："过来了！"但谁也没好意思动。从她们到来的那天起，大伙再也没有偷过果子，也再没有放过大炮。

黄土塬像凝固的波浪，从我们身后一浪一浪漫向天边。早晨有时能看见坡边白花花的薄霜，太阳一照，又化了。我们知道塬上的果子不多了，一个季节快结束了。突然都有点惆怅。

果园暗下去了，火也熄灭了。这时，有个粗嗓子喊了一声："小的们，吃饭了——"大厨老马在戏班子待过，演过山大王。

二〇二〇年十月二十九日

234

行乐须及春

昨天吃晚饭时，华山说，明天我们去赶集，买些东西，顺带也让你看看这边的小镇街景。我用手机定位了一下，显示这片地方叫八道河岭，一条怀沙河贯穿村落。据说这里的特产油栗远销海外，闻名遐迩。这是我来这儿的第一顿饭，华山厨艺好，曾在一家日本饭店里做过厨师，这顿二人晚餐有鸡有鱼，做得有些丰盛。

我和华山认识两年了，他是一位北漂文学青年，河南驻马店人。这是我俩第二次见面，去年九月我因事来北京，他陪我从北京西站一路辗转到苏州街的旅馆。北漂文学青年们大都未婚，华山也是。相比于文学梦缥缈的荣光，我更愿他年再见时，看到他妻儿绕身。

从住处到渤海镇小集市，五公里远。以我有限的知识，知道唐代时渤海国是一个以粟末靺鞨族为主体的政权，历时二百多年，迁徙动荡，它在这里留下过什么痕迹？一路柏油崭新，山上苍黄荒莽，沿河的柳树已经半绿了。空气里有了浓郁的春意，土地虽然还没有开犁，泥土的气息已无法掩盖，它腾起在空中、在风里，在每一个细微处弥漫。古诗里说，行乐须及春，春天真的是快乐的源头。

华山开着电动小三轮，车斗里载着我，一溜烟尘似的跑。这是一辆老年代步车，华山和他的一位朋友在旧货市场淘来的二手货，为租居生活提供方便。北京早已禁止老年电动车，根本没有新车卖。车实在是旧了，有一处上坡，我只能下来步行。

有一年，也是这个时节的春天，我和另一群青年在喀什的一座山上开矿。从矿山到阿克陶县四百公里，戈壁茫茫，我常常跟着师傅去为工队买菜，因为只有我会一口惟妙惟肖的维语。当天到县城，找个旅馆住下来，第二天早起，买一车菜往回奔，待到矿上，豆腐馊了，青菜变黄。开车的师傅是一位小青年，后来开矿车，从陡峭的山上往下拉矿石，八十吨的矿车，行驶起来像移动的城堡。多少年里，我一直记得途中经过的一个村庄，柳树新绿，杏花开成了飘荡的浮云。有一个小商店，所有的货物加起来，一百元可以买走。

小集市就是公路边的临时摊点，很热闹，有一两百人的样子，主要卖水果和蔬菜，价钱比市里便宜得多。人们操一口天津味儿普通话。有一个摊子上卖各式鞋子，看了看尺码，我没有一双能穿上。这种小集市这些年已很少看到了，像无数无声凋敝的事物一样，它们已消失于无痕。

我俩买了五斤苹果、五斤橘子、两只萝卜，另外买了一包豆角种子和一包白菜种子。房东大爷有一小片菜地，他不想种了，要送给华山种，而华山和他的租友们正想过一阵田园生活。

华山至今没有出过自己的作品集，甚至发表也不多，但他是我见过的写得不错的青年。前路茫茫，像一条隧道，黑暗永无尽头。他还在继续往下写，这种煎熬不是其中人，很难感受和承受。文学和青春本是生命的两翼，而现在，在数不清的青年身上，它们互为刀刃。

我让华山开着车带我去镇上药店买药。近一段时间，我又咳嗽起来了，而随身的药快用完了。

我买了两种药：乙酰半胱氨酸颗粒，罗红霉素分散片，我问另一种很贵的药，店主说卖完了，想开口让他下回进药时，又想到不能确定在这儿的居住时间，还是算了。他原是一位医生，显然懂得各种病。转身出门时，我听到他轻轻"唉"了一声。我懂得那声轻轻的叹息。

路不宽，踏春的人和车不少，回程中小三轮要不时避让。北方的春天有自己的轨迹，它来得缓慢，但充满了力量，一点点前推、加深，像渐劲的流水。人们欢天喜地地在怀沙河与杨树林间雀跃，谁这时候还猫在家，谁就对不起这美好的春光。

爱人打来电话，说一位邻居昨晚走了，说天气真好，来帮忙的人展手舒脚，干啥都可有劲了。春天是出生的季节，也是死亡的季节。我想起来这位邻居今年正好七十岁了。有一年，在秦岭朱家峪岭头，他给工队煮饭。那天下午突然下起暴雨，一个雷劈下来，工棚的彩条布被当头劈开一道口子，他被劈倒在地上。我们七手八脚把他抬到床上，他半个小时才醒过来。他当时正在案上剁一堆香椿芽做饺子馅。雨停后，我们看见采不尽的椿芽齐扑扑从沟底直漫到岭顶。那一年春季，矿洞打了八百米不见一滴矿石，工队一无所有，椿芽，让一群人度过漫长的春荒。

二〇二一年三月二十七日

逃出矿山: 诗人陈年喜的爆裂与寂静

陈年喜的右耳听不见，被尖锐的嗡鸣阻隔了所有声音，它们永远不会停下，除非睡着的时候。医生说，当这些噪音消失，那就彻底聋了。

河南南阳的矿洞里，陈年喜抱着风钻打孔，忽然头昏无力，大哥用架子车把他从八十米斜坡吊上去，工头在洞口笑，你看你多幸福，还有大哥拉着你。他说，我听不见了。工头的老婆劈柴做饭，斧头重重挥起落下，在陈年喜的耳朵里也是静默无声。

十六年矿山爆破生涯，轰鸣巨响皆为常态。陈年喜形容，他的听力如同一根麻绳，不是突然间失效，而是在长久磨损后终究断裂。

一同磨损的还有在低矮矿洞里匍匐的颈椎。有一次在竖井里刚点燃炸药，双手突然没了知觉，用尽全力都爬不上绳子。"我说这回一定会死在这里。"关键时刻陈年喜把一根钻杆插进墙洞里，脚刚踩上去，底下就传来巨响。后来，他只好做了那个"再不做就要瘫痪、做失败了也会瘫痪"的手术，后颈植入三块金属。

那之后的几年，陈年喜的人生轨迹快速切换：他的诗在博客上被发现，他受邀参加了北京皮村的工人诗歌朗诵会，获得"年度桂冠工人诗人奖"；他上了电视真人秀，在节目里写歌词；他作为主人公的纪录片《我的诗篇》入围了大大小小的电影节，他跟随摄制组出国，登上帝国大厦，在哈佛大学演讲；他告别了矿山，在贵州的旅游景点做文职。

七年前的一个夜里，他在矿上接到了母亲食道癌晚期的消息，父亲已瘫痪在床，陈年喜写下《炸裂志》，写尽一个中年人的不堪重负，和他被炸得千疮百孔的生活——

我在五千米深处打发中年

我把岩层一次次炸裂

借此 把一生重新组合

我微小的亲人 远在商山脚下

他们有病 身体落满灰尘

我的中年裁下多少

他们的晚年就能延长多少

我身体里有炸药三吨
他们是引信部分
就在昨夜
我岩石一样　炸裂一地

如今，陈年喜的生活好了很多。他一年能挣几万稿费，母亲依然健在，病情稳定，儿子考上了大学。"很多事情都摆平了。"他说。最重要的是，曾经在矿上那种居无定所的茫然不再有了。

年初，陈年喜回到陕西老家，他咳嗽不止，没当回事。长年在矿里工作的人都有敏感的肺，在西藏挖矿时，脑袋甚至不能躺平，否则无法呼吸。直到一位医生朋友问："咳嗽里是不是有金属声？那得小心，可能是肿瘤。"

陈年喜不敢再省拍 CT 的钱，在县医院等待的时间里，他写下诗句："此时　在长长的胶质廊椅上／坐着我一个人／一张黑底 CT 影像胶片里／是我半生的倒影"。

确诊尘肺的消息传出去后，人们为他捐款，抢购他的诗集，原本销量平平的书加印了好几次。每一个索要签名的读者，陈年喜都告知自己的微信号，记下地址，签完后寄给对方，收取稍高于标价的费用，除掉邮费后，赚三五块差价。

签名书的需求很大，他专程去西安的出版社签了一千本，一夜就卖光了。他有点累，但不签的话，又担心失去这批读者。陈年喜在扉页为每个人写下赠言，有时不知该写什么，就挥上四个小字：以诗为证。

一、　炸药箱上的诗

二〇二〇年六月初，《南方周末》记者在峡河村见到陈年喜。他骑摩托车爬上曲曲折折的陡坡，路面干裂，碾出几条倔强的车辙。他家在山的深处，在这坡上还得颠簸三公里。

房子被山环抱，初夏绿意盎然，一位朋友来测算过，这里海拔一千一百米，恰好是对呼吸和肺最有益的高度。现在他的生活寂静得只剩下鸟叫和虫鸣。

山间有散落的坟茔，墓碑宽大，陈年喜说它们很贵，置办一座要七八千。这些年，父亲和那些遇难的同乡陆续住上山，陈年喜指指后山：“我们这代人将来也要葬在这里。”

天黑以后，他说月亮出来了，我们走出去望。采访这天恰好是农历十五，朦胧的满月从山岭之间缓缓爬上来，他指着那些山，每一座都可以讲长长的故事。他的记忆以山联结。

往东的层层叠叠，翻过去就是河南三门峡，为了到达那边的矿山，他曾经徒步走到陕豫边界，七十里地，眼见天快黑了，剩下的三十里靠狂奔，"就像马拉松！"

北边，黄河之上的风陵渡，去山西的人，许多活着过去、死了回来。陈年喜的邻居就是经过那儿被送回来的。陈年喜记得那些细节：那天晚上月亮特别大，照亮了黄河水。

在矿山，许多东西都会要人命——垮塌、透水、扑向人的机器、松动的碎石。陈年喜被爆破后的浓烟熏晕过几次。人昏过去以后，要立即抬出去放在渣坡上吹风，即便是冬天，也得剥掉上衣，或泼一盆冷水——如果没被及时发现，就死了或成植物人。

有一次在南阳，陈年喜和弟弟正在打孔，越来越没有知觉。两个人赶紧往外爬，通向外面有连续五道斜坡，爬到第三道，弟弟滚了下去。陈年喜竭尽全力抓起斜坡口的电话："我们中烟了……"

躺在山坡上晾了四五个小时后，陈年喜醒了。弟弟一天一夜才醒。

为了把一节节的炸药装填进岩石里，需要先用风钻打十几个孔，有时打一个孔就得半小时。打孔的时候，陈年喜的脑子会"走很远很远"，里面蹦出了诗句。

听闻县城一位写诗的女老师车祸丧生，他抱着风钻走神："你说过的／人生的好时光／要留给另外的年景……放下病和苦／放下对大雪的追赶和赋形"。

陈年喜没有明显的文学启蒙，如果定要说有什么东西启迪了他，可能和唱孝歌的父亲有关。十里八乡的葬礼，都邀请父亲去唱，他像个民间采诗官，在各地抄写歌本、推敲歌词，琢磨如何才能唱得更加入心。

中学时代，陈年喜就开始写诗，给文学刊物投过一些稿，回音寥寥。偶尔发表出去，能赚到二三十元稿费，兑换汇款单，还得先到村里开证明。村里没有书摊，偶尔托朋友到县城买到两本刊物，他会翻来覆去看上很多遍。

在克拉玛依矿上，床垫很薄，大家把空炸药箱垫在底下睡觉。诗句来的时候，陈年喜就掀开褥子，把它们写在炸药箱上。走的时候卷起铺盖，下面是满满一床的诗。

爆破工需要极度的镇静和敏捷。但不论经历过多少次，爆炸的一瞬间仍令人胆战心惊。山崩地裂，气流顺着巷道一路冲过来，陈年喜形容那感觉像是要把人身上的衣服全部剥掉。

二、"在危险中独处"

家门前栽种了白菜、玉米、谷子、土豆，陈年喜用锄头松松土，浇了水。几棵高大的核桃树，中秋时节成熟，要爬上树干把核桃敲打下来，好时候一年能卖两三千元。峡河气候干燥，足有一个月没下雨了。山上难以开发种植业，男人们只能外出打工，多半去了矿山。

陈年喜考虑过其他营生。他高中给人写过离婚诉状，庭长夸他写得好。陈年喜想，兴许可以做个律师之类的，但读了些书，发现考试太难了。他还买了一大堆讲青铜、玉器的书，打算做文物贩子，"我要能学会这个手艺，肯定会发财"。

"他那个时候是没钱买。"妻子周书霞在一旁拆台。她瘦瘦小小，面目清秀。

一九九八年正月，结婚不到二十天，陈年喜启程去矿山。那天下着雨，霞送他去坐三轮车，他上了车，她也跟上去，老板说，矿上不需要女工，让她下去。后来她又爬上来，老板又赶她下去，反复三次。车发动后，霞站在风里的情形，在陈年喜心里"沉淀得很深，好多好多年"。

新婚时他为霞写的诗，存在结婚照的相框里——

我水银一样纯净的爱人
今夜，我马放南山，绕开死亡
在白雪之上，为你写下绝世的诗行

陈年喜为儿子起名陈凯歌，虽然当时同名大导演已经名声在外，但他们在山里还没有听过，起这个名字是因为喜欢"凯歌牌"收音机。

转眼儿子二十岁了。霞担心他沉迷游戏，叫丈夫管管，他说管不了。霞说话的时候，陈年喜总像是没听见，仿佛脑海里有更大的事要关心。也许是为了报复，当他问霞一些生活事宜，比如晚上吃什么，霞也会默不吭声。

谈论起丈夫写诗，她说："我说他那是幸运，多少人像他这样啊？"

陈年喜常年在外，虽然牵挂家人，但又有说不上来的疏离感。《我的诗篇》导演秦晓宇跟拍了陈年喜很久，据他观察，在矿洞里待久了，会习惯"在危险中独处"。

"所以他更多时候把很多想法放在心里，他其实内心跟谁都会有距离感。"秦晓宇对《南方周末》记者说，"哪怕是同他的妻子，可能也很少有那种特别交心的时刻。"

在陈年喜的文字里，秦晓宇发现，尽管他外形高大硬朗，内心却柔软敏感，"原来所有的这些细节、这些微妙的倾诉、这些场景人事的变化，他其实都有会于心"。

矿山生活孤寂，信号常常不通，打不出电话。工友之间，每个人都有自己的那一本账，没什么可交心的地方。他们也知道陈年喜有些不一样——大家打牌的时候，他喜欢读书。

每个爆破工床头有一部电话机，和矿洞相连，铃声会在任何时候毫无征兆地响起来。通常是爆破不成功，召人回去处理残炮。矿上有句口号："天不怕，地不怕，最怕半夜打电话。"

半夜电话一响，陈年喜比喻"人就像一条蛇一样，一寸一寸地起来"。很多时候才下工不久，洗好的衣服都没干，冬日里晾着结成了冰，得用棍子敲打敲打穿上身，套上雨靴、矿帽和手套，闭着眼往矿洞挪过去。

陈年喜觉得这些都是作为丈夫和父亲的他理应承受的。"对谁说？没人可说。"

每每从粗粝的工作中松懈下来，陈年喜变得脆弱，"就像淹没在汪洋大海之中"。在茫茫戈壁中，一眼望不到头，他觉得自己和一只虫子没有任何区别，"随时都有可能被太阳蒸发掉，那时候你真正感觉你是多么渺小"。

但写完一首诗，心里就舒一口气——

一条隧道打通生死
我是一道你们栖居的秦岭

三、逃离矿山

在新疆的喀喇昆仑山开矿，没有工棚，废弃的矿洞盖一块帘子，就算宿舍。这天晚上，陈年喜和四个工友特意睡在离洞口最近的床位，天黑透之后，他们悄悄起身，连夜逃下山。路上自然没有灯，他们策划多时，选在一个月色够亮的夜晚启程。

在新疆的八九个月里，他们不知季节和时日，只能靠对面山尖上的雪线高低来分辨气候的变化。山上没有报纸、电视，偶尔有人下山，带回人间的消息。

生活物资由一条索道吊上山，哪怕一支牙膏，也得驱车四百公里到莎车县城去买。等到买好吊上来，豆腐闻着发酸，青菜已经蔫了。

连续几个月没有拿一点工资。有经验的矿工根据打下来的石末，就能断定这矿里没东西。

老板投资了两个亿，知道赔了，但矿不能停。只有继续开采，才能找到"替死鬼"——亏钱后找人接手承包，金蝉脱壳。直到最后也没人上当，机器全烂在了山上。

那段日子极度苦闷，大家下了班在洞子里打麻将，用蒸屉代替桌子，搁在腿上打。只有一副陕西带去的麻将，轮流打，打到最后丢了几张牌，继续打。如果刚好和那几张，"该倒霉"。

当地的酒，五十块钱五十斤，便宜但难喝。陈年喜说那阵子每天都要崩溃，大家喝酒唱歌，唱的是孝歌。一般矿老板不让唱那个，但在这儿根本拦不住。曲调凄厉颓丧，九曲十八绕："很多前朝古人说／活在这个世上有什么来头／人死了就死了／家财万贯都不要了。"

陈年喜发烧咳嗽，山下总部有个家乡带来的医生，搭了个小诊所，医生两针打下去，他开始过敏抽搐，整个人抽成一团，晕了过去。

县城医院不仅远，而且路途颠簸，曾有一个工友被砸断了肋骨，陈年喜送他去医院，吉普车在戈壁上颠了一天，那个人痛得汗流浃背，他说："哪怕让我死在这里，算了吧。"

医生说，拉去医院也来不及，是死是活听天由命了。他往陈年喜身上注射激素药，所有药都打完了，一共五十四针。不知道过了多久，陈年喜醒过来，床上的被子被他在抽搐中撕得稀烂，"我真的差点就死在那个地方了"。

陈年喜和几个工友商量，不能不逃了。逃了一夜，到山下的小镇时天快亮了。他们包了一辆车，刚坐上去，小工头从后面开着车追上来了。他往地上一跪："你们要是走了，我身家性命都会丢在这里。"

五个密谋逃跑者都是爆破工，他们一走，就彻底开不了矿了。掰扯半天，两个心软的工友留了下来。陈年喜死活都不肯留下来。

陈年喜的一些朋友永远没能走出矿山。他的学徒杨在，点炮后来不及逃跑，陈年喜在诗里写——"跑成了一团雾"。

陈年喜在诗里无意识写了很多次大雪，"可能是人在骨子里抹不去的印迹"。他觉得雪和他相通，"人就像雪一样渺小，在自然当中不堪一击，很容易融化，很容易被弄脏。雪和我们这个群体相通。"

四、"看他到底写了什么"

秦晓宇在博客上看见陈年喜写的诗，不断给他私信留言，请他参加工人诗歌朗诵会、成为纪录片主角。

陈年喜把他当成骗子，没有回复。留言的骗子很多，都说能帮着发表，索取版面费。后来他弄清楚了秦晓宇要做什么，但觉得没意义。他从新闻上得知，陕北有个姑娘，为参加《星光大道》，请了化妆师、舞伴、音乐指导，花了几十万，最后没出名，反而欠了一屁股债，"我觉得跟那其实是一样的"。

秦晓宇从县里一层层找到村主任，终于跟矿上的陈年喜通了电话。很快他带着机器跑到矿山来，陈年喜不好意思，只好答应了拍摄。

那几年，工人诗歌进入公众视野，北京皮村聚集了大批打工者。陈年喜做完手术后，没法再去矿山，到此生活了一段时间。

小海在一天夜里无意中看到了工人诗歌朗诵会的视频，震撼又欣慰，凌晨两点睡不着觉，"忽然觉得有那么多同类"。他在富士康打工时写了很多诗，但他一直不知道那是诗，他喜欢摇滚乐，感觉自己写的是歌词。

小海在微博上给一大堆摇滚音乐人留言，歌手张楚回复了他，两人成了朋友。他辞工来到北京实现摇滚梦，在张楚的介绍下，认识了皮村那些搞工人文化的，他不知道皮村是什么，但起码"这个大哥不会骗我"。

在皮村，陈年喜和小海睡上下铺。小海年轻嗓门大，他喜欢陈年喜那些炸裂的诗，比如"活着就是冲天一喊"（《秦腔》）。陈年喜的性情截然相反，很安静。

打工诗人聚在一起，其实很少交流诗歌。聊得最多的是发表，发表是个难关，皮村文学小组没人以写作为生，即便一夜成名的范雨素，也只把它当爱好。

"现在特别坏的一点就是发表，所有人觉得不发表的写作是无效的。"陈年喜觉得，"独立的民间写作是很难的。"尽管工人文学引起广泛关注，但主流文坛却没有太多反应。

陈年喜算是蹚过了发表关，但仍难以发在最顶尖的文学期刊上。

两届茅盾文学奖评委、北京师范大学教授张莉认为一位新作者要被文学期刊接纳，需要一个过程。"中国写作的基数太多了，文学青年比你知道的要多得多。"

陈年喜承认，特别好的民间写作不多。"我是民间派的，主流瞧不起你，反过来你还瞧不起它。"

编选二〇一九年的二十篇散文佳作时，张莉选入了陈年喜的一篇散文。当时她完全不知道陈年喜是何人，后来才得知是位诗人。

张莉告诉《南方周末》记者，陈年喜的散文和那些名家的放在一起毫不逊色，一下就能看出"天赋好、语言能力好、靠一种天性"。"他就是我心目中好的写作者，我根本就没有想过他的职业，尽管我很尊重工人或农民出身的写作者，但是对我来讲，最重要的是文字和文学品质本身。"

对于新工人文化，陈年喜觉得"没戏"。他希望外界不仅把这些作品看作工人文学，也要放在这个时代的所有作家当中，"用同等的尺度，去看他到底写了什么，他的文本能不能成立"。

五、"他的命运不还是这样吗？"

因为参加电视节目《诗歌之王》，陈年喜认识了一些音乐圈中人，他们劝他改行写歌词，那个挣得多。他认真考虑，把乐坛知名歌手都研究了一遍。

他向作词人梁芒打听市场价，电影的片头片尾曲，写一首一万多块，最差的也有一千多。陈年喜很高兴。"我觉得比写诗可强多了。"

结果完全不一样，音乐圈靠人脉，每个歌手都有固定合作者，而且歌词是流水线产品，要在录音棚里不厌其烦地配合修改，把它们变成商品。

陈年喜在北京度过了一段迷茫的时日。他办了护照，准备去塔吉克斯坦继续开矿。后来在一个活动上认识了诗人树才，他问树才："能不能找一个工作？门卫也行。"

"哪能做门卫？你是文化人，还得吃文字这碗饭。"树才给他介绍了工作，去贵州景区写文案，工资一月四千元，管吃管住。

陈年喜在贵州一待就是三年。他写了三百多篇软文，还有各类策划案、新闻稿。刚开始不怎么会，都是现学的，办公室里都是年轻人。

从贵州辞职后，陈年喜主要写非虚构作品。诗歌稿费二十块一行，写再长也挣不了多少，非虚构平台能给高得多的稿费，一篇能挣小几千。他签了几本书，出版社应允要打造成畅销书。

采访这几天，陈年喜正在写一篇非虚构文章，关于他的尘肺病。陈年喜坐着小板凳，俯在床板上写，手指利索地在iPad屏幕上敲击。写了一半，他说写不下去了，越写越平。非虚构平台的邀稿不断，大多希望他写自己，他问："我还有什么可写的吗？"

陈年喜成了一座富矿，那些走南闯北掏空了的山脊，如同一个人被开采的一生。

乡村和工人题材的点击量比不过都市题材。编辑建议写写更当下的内容，比如白领、年轻人。陈年喜试着写过一些，但感到很吃力。写矿山他得心应手，其他题材，始终有隔膜。

面对不认同的东西，陈年喜有些逆来顺受。秦晓宇认为爆破养成了这样的个性，"做爆破工，你不要硬碰硬，要懂得选择你的路径，因为硬碰硬的结果就是危险。"

陈年喜对编辑唯唯诺诺。"你说什么就是什么,为了发表。"

陈年喜盼望有人能指点自己的写作。他的茫然源自他已看不清时代。他想表达时代,却始终力不从心。"这是充塞了非常驳杂信息的时代,每个人在急流大浪当中就是一朵浪花,都非常混沌。"

尘肺病潜伏期长,他走出矿山三年,最终还是确诊。秦晓宇得知这个消息时非常难过,他原本一直庆幸,以为陈年喜躲过来了。他曾拍摄陈年喜操作风钻,粉尘扑面而来,他问,怎么不戴防护面罩?陈年喜解释,矿洞里闷,戴上面罩,汗就蒙住眼睛了。

纪录片里的主人公们,无一真正改变了命运。秦晓宇说,他和陈年喜相处最深、提供的帮助也最多,"但他的命运不还是这样吗?"

现在给工友打电话,他们第一句话就是:"你跟我们不一样了,现在离开这鬼职业了。"陈年喜听出工友又是极度困倦、闭着眼在说话。他嘱咐对方赶紧睡会儿,匆匆挂了电话。

虽说矿上没什么好留恋,但陈年喜相信,那些惊心动魄的故事,从没在任何作家笔下出现过。

他滔滔不绝地说起草原上的牧民、黄土高原里的窑洞、寸草不生的戈壁、面纱下的维吾尔族姑娘。从没见过那样湍急奔腾的大河,从没有尝过那样甜的杏和桑葚,从没见过那么奇怪的人。

他想起一片杏花。在茫茫戈壁中,竟然有那样一片杏花,如同粉色的云朵，开在灰头土脸的房屋旁。他走出去再远，回过头依然能看见。

李慕琰

原文首发于二〇二〇年六月十八日《南方周末》

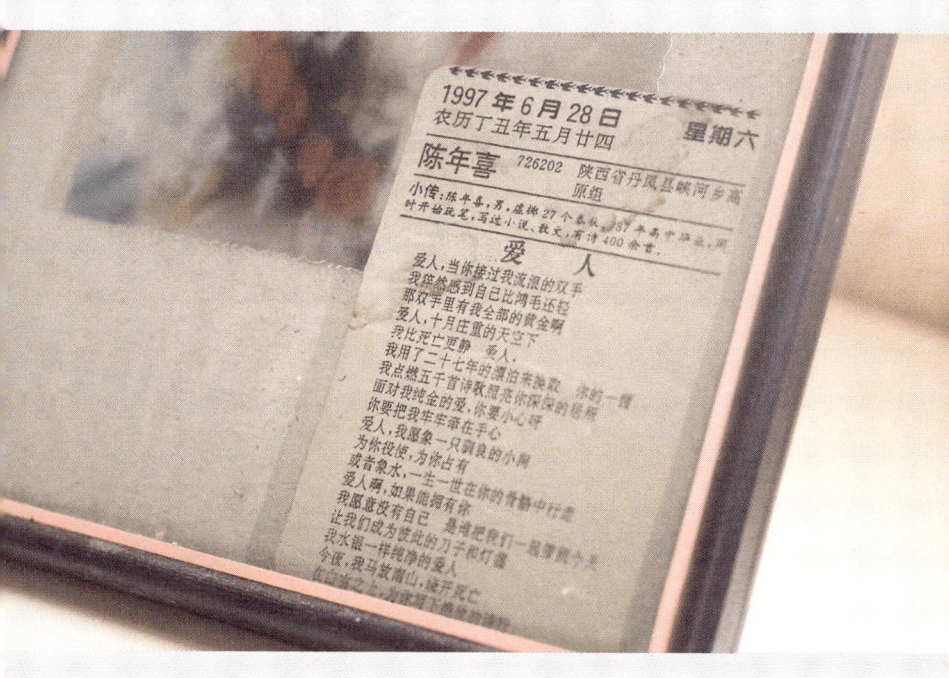

劳动让人活得有劲

《我的诗篇》剧照

在夜里写作

《我的诗篇》剧照

一条隧道打通生死
我是一道你们栖居的秦岭
　　　　　——《亲人》

《我的诗篇》剧照

一条隧道打通生死

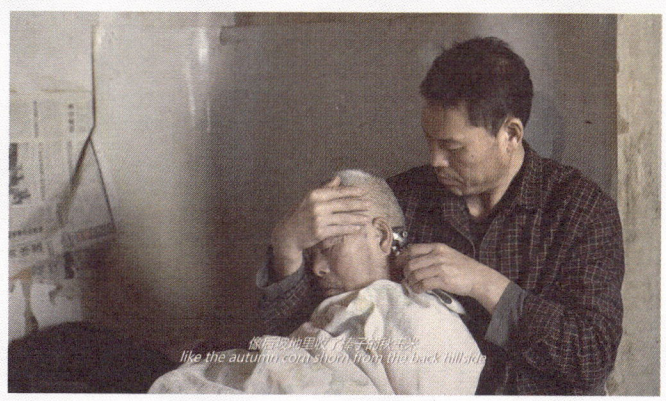

《我的诗篇》剧照

给父亲理发

朋友 摄

陈年喜 摄

我们来过了，像没有来过一样

叶尔羌河边。那年我空手还乡，只带回大病一场

陈年喜 摄

坑道掌子面的掏心炮孔

陈年喜 摄

十六年矿工生涯中唯一开采出的明金矿石

陈年喜 摄

秋收

陈年喜 摄

一家人的冬耕

陈年喜 摄

陈年喜 摄

村庄凋落，蓝天辽阔

陈年喜 摄

人间是一片雪地，我们都是落雀

朋友 摄

深秋的峡河边上

朋友 摄

塬，峡河边上最小的村庄

在北京皮村修缮漏雨的房顶

准备天麻菌种培养基，这是老家村里冬天最忙碌的活

陈年喜 摄

陈年喜 摄

冬天的柿子树

陈年喜　摄

芦花年年到天涯

陈年喜　摄

陈年喜　摄

不羡功名山野寄，黄昏归后蓬门倚

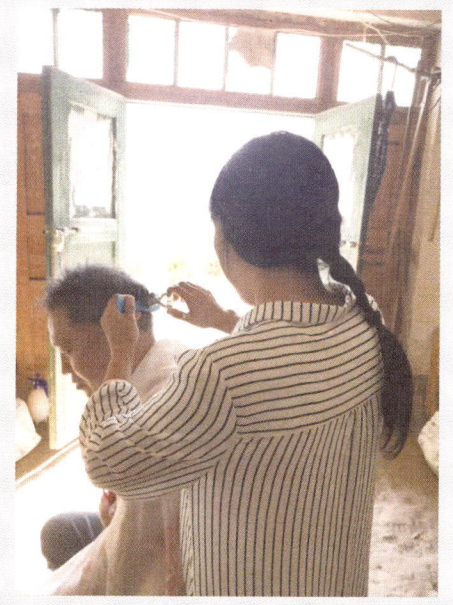

朋友 摄

霞为我理发

陈年喜 摄

陈年喜 摄

三月离家五月回，家门无改小菜肥。下图的麦
穗，由爱人上年冬天晒麦时遗落的几颗萌发，
竟在荒草中如此茁壮